Pubblicato in accordo con MalaTesta Literary Agency, Milano

www.einaudi.it

ISBN 978-88-06-25945-7

Antonella Lattanzi

Cose che non si raccontano

Einaudi

Cose che non si raccontano

Le bombe delle sei non fanno male,
è solo il giorno che muore.

ANTONELLO VENDITTI, *Notte prima degli esami*.

Uno

Siamo andati al Circeo, nonostante fosse la cosa piú assurda da fare. La piú pericolosa.

Sono mesi che non ci stiamo piú con la testa. Troppi mesi. Non ci stiamo piú con la testa e ci sembra che tutto il mondo non ci stia piú con la testa, insieme a noi. I medici, i pochissimi amici che sanno, e tutti quelli – la maggior parte di quelli che conosciamo, che amiamo – che non sanno nulla.

Siamo andati al Circeo dove il telefono non prende, dove non c'è connessione wi-fi, dove su quel monte in cui sono successe cose orribili neanche troppi anni fa, le rocce si stagliano alte e crude contro di te, mentre sali o scendi i tornanti, e sai che sei solo. Se c'è un'emergenza, sei solo. Se muori, sei solo.

Mi stendo sul nostro letto, accanto ad Andrea, ma sono terrorizzata. Il letto è spinto contro la parete della casetta di mare che abbiamo scelto a marzo (marzo 2021) – quando tutto era appena successo, ma non sapevamo potesse andare ancora peggio di cosí. Io sono sovrastata dall'angolo di muro in cui è incastrato il letto, dalla montagna in cui ci siamo andati a ficcare senza poter comunicare con nessuno. Il terrore che provo è piú alto e piú nero di questa montagna.

Andrea prende un libro. Io ascolto cosa succede al mio corpo, e sento il sangue scorrere fuori da me, come succede da febbraio. Adesso è giugno. Sangue a gocce, a grumi, a fiotti, a secchiate. Adesso viene fuori liquido e infinito mentre sono stesa e mi dico non respirare. Forse, se non respiri, il sangue finisce.

Ma ad Andrea che ho cosí tanta paura non posso confessarlo, altrimenti mi dirà: torniamo a Roma.

E io non posso. Non posso cedere. Non voglio cedere a tutto questo dolore. Voglio il mio giugno al Circeo, voglio il mio diritto a cercare di ricostruire la mia vita, voglio il mio diritto a stare seduta davanti al mare, sugli scogli piatti e levigati, senza sentire male dappertutto. Voglio il mio diritto a dire: rifiuto tutto quello che è successo, rifiuto la realtà, rifiuto che sia potuto succedere a me. Che stia succedendo a me. Non voglio far pace con quello che è successo. Non voglio che sia successo.

Sono stesa sul letto, un fiotto piú grande, piú lungo, mi riempie l'assorbente. Mi giro verso Andrea. «Come va?» mi chiede.

Ma lo sa già. Se mi sono girata a guardarlo, lo sa.

«Sangue», dico.

Vorrei mettermi a piangere e dirgli quanto ho paura. Vorrei dirgli portami a Roma, portami all'ospedale. Ma non posso. Se fai finta che non ci sia sangue dappertutto, non c'è. Dico «sangue» come gli dicessi «scusa».

«Quanto?» dice lui.

Questa responsabilità che ho solo io, che posso avere solo io, di dire quanto sangue sto perdendo, se ne sto perdendo *troppo*, mi sta facendo impazzire. Nessuno mi può aiutare a sapere quanto sangue c'è.

«Forse poco», mento. «Non possiamo dormire?»

È giugno e io non dormo da mesi, di notte, di giorno. Molti mesi dopo, non avrò ancora recuperato la facoltà di dormire. Mi sveglierò all'una, alle due, alle tre, alle quattro, ogni notte. Non dormirò mai di giorno. E se muoio dissanguata e non me ne accorgo?

«Non lo so», risponde lui. «Lo sai tu».

Cerca risposte in me. Sono l'unica che sa *quanto* sangue c'è. Se è troppo. («Non si scherza col sangue», mi ha detto il mio ginecologo, «resisti fino a quando è possibile. Ma se non si ferma corri al pronto soccorso»). Quanto è *troppo sangue*? Se penso che quando qualcuno si taglia per caso e il sangue non si ferma per un po', già si pensa di andare all'ospedale. Se penso questo, il sangue è troppo da troppi mesi. Febbraio, marzo, aprile, maggio, giugno. Io mi imbottisco di antiemorragico. Si chiama Tranex 500 mg, ne prendo sei compresse al giorno. Il massimo. A volte, di nascosto, ne prendo anche tre o quattro compresse in piú. In fiale è meglio, lo so, fa effetto prima: si beve ed entra immediatamente in circolo. Ma le fiale sono di vetro e mi si spaccano sempre tra le mani, perché quando le apro sto tremando. Mi trema tutto il corpo, dalla testa ai piedi; come se fossi epilettica, come se stessi ballando. All'ospedale mi dicono che il Tranex per cosí tanti mesi non si può prendere, che è molto pericoloso.

Dizionario. Parola: *pericolo*. Contrario: *sicurezza*. Ma per me non è cosí. Io alla parola pericolo, in questi mesi, ho imparato a dare un altro contrario: sopravvivenza. Tra il pericolo e la sopravvivenza, non posso che scegliere la sopravvivenza. Giorno dopo giorno, ora dopo ora. A tutti i pericoli che corro neanche ci penso. Non ci posso pensare. Il sangue se ne frega delle medicine che prendo. Il mio sangue se ne frega di tutto. Zampilla.

«Quanto sangue c'è?» mi chiede.

«Non lo so», rispondo.

«Che vuoi fare? Torniamo a Roma?»

Sono io che devo decidere. Nessuno può farlo al posto mio, e non perché non vogliano. È che nessuno è nel mio corpo. Siamo qui al Circeo perché l'ho voluto io. Perché l'ho preteso io. Vorrei un misurino che mi dicesse quanti cl di sangue sto perdendo, quanti litri, e mi dicesse cosí va bene. Cosí è tollerabile.

Ma se Andrea mi chiede torniamo a Roma non posso che rispondere di no. Roma vuol dire ammettere che tutto ciò sta succedendo. Roma vuol dire il pronto soccorso e un'operazione ineluttabile, e troppo rischiosa.

«No», gli dico.

«Sicura?»

«Sicura».

Il cuore mi sta spaccando lo sterno. Ho dolori dappertutto. Alle gambe, alle braccia, alla schiena, alla pancia, alla testa, e mi sento cosí debole, cosí tanto debole. La mia emoglobina precipita da mesi, e nonostante il ferro, l'acido folico, la vitamina B, la vitamina D, nonostante le trasfusioni, nonostante gli antiemorragici, precipita. Non riesco piú a fare una salita. Una passeggiata. Mi viene il fiatone anche andando dalla camera da letto al bagno. Il cuore mi batte all'impazzata anche se sollevo un paio di scarpe.

«Puoi rimanere un po' sveglio?» chiedo.

La mente mi dice sei pazza, corri a Roma, corri al pronto soccorso, mentre il solo respirare lascia defluire altro sangue. Sollevo il lenzuolo, e con terrore mi abbasso un po' le mutandine. Non voglio guardare, ma devo. Nessuno può farlo per me. Mi guardo le mutandine. Sono rosse. Rosso vivo. Anche con quattro assorbenti per incontinenza urinaria uno sopra l'altro, le lenzuola si sporcano. Devo dormire coi pantaloncini e con un asciugamano intorno al corpo. Ma tanto non dormirò.

«Sí», dice. «Sei sicura che non dobbiamo andare?»

È una domanda da pazzi. Nessuno si murerebbe sul picco della montagna del Circeo, senza wi-fi, senza telefono, senza alcun mezzo per comunicare, a un'ora e mezza da Roma, unica strada per raggiungere la città la Pontina, buia e dissestata. Nessuno. Noi sí. Io, sí.

Siamo pazzi. Io sono sempre stata pazza, Andrea mai. Ma adesso la mia pazzia sta contaminando anche lui.

«Sí», dico.

«Va bene».

Siamo due pazzi, e dopo un po' chiudo gli occhi, e lui chiude gli occhi, e spegne la luce. I mostri nella mia testa sono sempre arrivati. Ma adesso non sono nemmeno piú mostri. Sono organismi solidi fatti di sangue gelatinoso, cubetti di sangue che sento venir fuori da me. E io non voglio che sia sangue, quello che viene fuori da me. Non può essere vero. Non è vero.

Chiudiamo gli occhi e siamo due pazzi ed è solo fortuna se mi addormento e mi sveglio un milione di volte, quella notte del Circeo, mentre il rumore del mare, che ho sempre amato, si fa sempre piú minaccioso, è solo fortuna se non dormo un attimo di piú. È solo fortuna se in quei mesi, febbraio, marzo, aprile, maggio, giugno 2021, non dormo un attimo in piú. Quell'attimo in cui morirò allagata nel mio rossissimo sangue.

Due

Questa storia inizia quando io finalmente mi decido.

Non ho mai pensato ai due bambini che ho abortito.

Anche adesso che faccio di continuo il conto – sono cinque, e non posso non pensare sono cinque, i bambini che non ho piú –, anche adesso che ogni volta che sono sola col mio compagno vorrei dirgli avrei dovuto proteggerli, curarli, amarli, è questo che un genitore fa, è questo che una madre fa, avrei dovuto proteggerli dalle ginocchia sbucciate, dai dolori del primo dentino, dalle coliche, dai primi litigi con gli altri bambini, avrei dovuto proteggerli dal freddo, avrei dovuto proteggerli dal caldo, portarli al mare solo la mattina presto o nel tardo pomeriggio, cospargerli di crema per non farli scottare, insegnargli che il mare è buono, è un amico, che i cani sono buoni, sono amici (ma avrei dovuto proteggerli anche dai cani, spiegare che non sono giocattoli, che quando avvicini un cane devi prima mettergli la mano sotto il mento, il palmo aperto a dimostrare che non vuoi fargli del male, farti annusare, guardare che faccia fa, quel cane, guardare come muove la coda, se si irrigidisce, non tutti i cani sono uguali e a non tutti i cani va di essere accarezzati), fargli conoscere la terra dove sono nata e sperare che l'amassero, avrei dovuto spiegargli questo è il nonno, questa è la nonna (troppo doloroso pensare alla faccia felicissima che avrebbero fatto i miei se gli avessi detto sono incinta, sono incinta, sono incinta, sono incinta, sono incinta, cinque volte, e invece non gliel'ho detto neanche una), avrei dovuto proteggerli dalla paura del buio, dalla paura della morte, dalla paura che io morissi, dalla paura che i loro padri morissero, avrei dovuto spiegargli quello che mio padre ha spiegato a me quando avevo paura della vita eterna che ci insegnavano in chiesa (io non li avrei portati in chiesa, quindi forse avrebbero avuto paura della morte, ma la vita eterna e la morte sono la stessa cosa), avrei dovuto dirgli, come mi disse mio padre, che finché qualcuno ci ricorda non moriamo, e quanto mi consolarono quelle parole, me le ricordo ancora, e quanto consolerebbero i miei figli le parole del nonno, dette per bocca mia mentre come una brava mamma rimbocco le coperte. Anche adesso che penso che sono una madre terribile, perché invece di proteggere, io ho fatto parte di ciò che ha ucciso i miei figli, a quei due primi bambini che ho abortito non penso mai.

O meglio, non ci pensavo mai.

Non ci pensavo perché era una cosa troppo grande per pensarci, perché non volevo essere il frutto, nel presente, di tutto il male che avevo avuto o dato nel passato. Non ci pensavo perché non voglio dargli un nome, a questi bambini che non ho mai avuto. Perché non voglio pensare a quanti anni avrebbero adesso, e adesso. Perché non voglio un posto in cui andare a ricordarli. Non ci pensavo perché quando altre persone – amiche, conoscenti, colleghe – mi rivelavano un loro aborto, io quella storia mia, solo mia, ce l'avevo sulle labbra. Avrei voluto dire: io so. Io capisco. Io ho deciso di abortire. Non una volta, due. Ce l'avevo sulle labbra e stava sempre per venir fuori. Ma poi non potevo. Se consegni a un'altra persona una parte cosí grande di te, come fai a proteggerti? Se consegni le tue cose piú profonde a qualcuno, poi fanno piú male. Perché da quel momento esistono.

Non ci pensavo mai.

Non credevo di essere una persona che non racconta niente di sé. Non ho mai creduto di esserlo. Adesso so che lo sono. Che ho una diga nella testa dove stanno nascoste tutte le cose che fanno davvero troppo male. Quelle cose, io non voglio dirle a nessuno. Io non voglio pensarle, quelle cose. Io voglio che non siano mai esistite. E se non le dico non esistono.

E poi, anche nei rari momenti in cui vorrei raccontare, come potrei farlo? I miei amici piú cari, quelli con cui ci diciamo siamo una famiglia, non sanno niente. Come potrei, dopo decenni che li conosco, dirgli ecco c'è una cosa importante che non ti ho detto?

Come mi guarderebbero? Penserebbero: perché una cosa cosí non me l'hai detta?

E io cosa risponderei?

Rivelare i segreti dolorosi impregna e spacca l'intimità di una serata dolce con un bicchiere di vino in mano a raccontarsi la giornata.

Come si fa poi a cambiare discorso e a parlare del lavoro, delle nostre storie d'amore, delle nostre storie di sesso, delle nostre paure, delle nostre gioie, se io vi lancio addosso un dolore cosí?

Mi annoia addolorarmi. Lo detesto.

Non l'ho mai detto a nessuno. Lo sanno solo i padri di quei bambini.

C'era tutto questo, è vero. E poi c'era la vergogna. Quando andavo dai ginecologi per dei controlli mi chiedevano: gravidanze precedenti?

No.

Aborti?

E io, sicura: no.

Quando andavo da altri medici, mi chiedevano: operazioni precedenti?

No.

Ha mai fatto l'anestesia totale?

No.

Non si mente ai medici, mi dice sempre Andrea. Che ci vai a fare dal medico, che lo paghi a fare se poi gli dici una bugia.

Io mento sempre ai medici.

Quello che la razionalità, ciò in cui credi, ciò che difendi ti dice chiaramente – nessuno che abortisce è mai un mostro –, la voce piú forte dentro di te lo contraddice e urla. Sei un mostro, e non vuoi che nessuno sappia che lo sei.

Un'interruzione volontaria di gravidanza è un diritto, me l'ha insegnato mia madre. Ma a quella madre, che ho esercitato questo diritto non posso dirlo.

Lo so che è un diritto, e ci credo come fosse una fede. Eppure, quando è successo tutto quello che è successo, e anche da molto prima, quando finalmente mi sono decisa e ho cominciato a provare ad avere un figlio, per anni, quando non arrivava mai, il pensiero di quei due bambini è diventato costante. Questa tragedia, non ho potuto che concludere, io me la sono meritata.

Nei momenti di dolore cerchi sempre un perché. Perché è successo tutto quello che è successo? ho chiesto. Perché non si gioca con la vita, mi ha risposto una voce ancestrale, una voce da pensiero magico. Hai rifiutato due vite. E allora sei stata punita. Altre tre vite te le hanno tolte, tutte insieme, perché non te le meritavi. Non meriti di essere una madre.

Non ho potuto che rispondere: avete ragione.

E allora perché adesso sto raccontando?

Io che non racconto mai niente.

Sto raccontando perché nella mia testa non c'è nient'altro. Solo questo rosso.

A natale 2020 siamo andati dalla mia amica Giulia. Vigilia insieme, lei, il suo compagno Roberto, i loro due figli piccoli. In quel momento, io pensavo di avere due gemelli dentro di me.

Non sono stata mai felice, quel giorno. Guardavo quello che sarei diventata – guardavo Giulia, Roberto, i loro figli – e avevo terrore. Io non lo so fare, pensavo. Io non posso farlo.

E allora, dopo, quando è successo tutto, la voce magica mi ha detto: anche per questo, te lo sei meritato. Perché invece di fare sogni felici di madri e figli e abbracci e allattamenti e passeggini, tu facevi incubi in cui perdevi il tuo lavoro. Tu dicevi: io, l'allattamento, no. Non posso, mi devo muovere, devo poter lavorare.

Perché la mattina ti svegliavi e avevi paura? Perché avevi terrore di perdere la tua scrittura? Perché non eri felice?

Anche per questo, tu, per la tua incapacità di essere una madre gioiosa, anche per questo tu te lo sei meritato.

Quella sera della vigilia di natale, Andrea, il mio compagno, sta aprendo le ostriche in cucina con Roberto. C'è un trambusto e capiamo che qualcosa non va. Andrea si è tagliato, c'è sangue, tanto sangue. Cercano di nascondermelo, perché sono incinta e non mi devo spaventare. Ma io vado in cucina e vedo il sangue, e vedo Andrea con un fazzoletto premuto sulla mano.

«Vuoi andare all'ospedale?» gli dice Roberto.

«No», dice Andrea.

Stiamo in attesa, preoccupati, a vedere se il sangue si ferma. Dopo un po', si ferma. Loro mangiano le ostriche – non è vero, sto mentendo anche qui, ma se sto scrivendo non posso mentire: le ostriche le mangio anche io – e insieme cantiamo le canzoni di natale. Io non rinuncio a uno o due bicchieri di vino, perché non sono mai stata una brava madre e non lo sono neanche adesso. Tutto mi disgusta, e Giulia ride. «È normale», dice, «sei incinta!» È cosí contenta per me.

Io ho cosí tanta paura. Mi sembra che gli altri siano dietro uno strato di plexiglas e vivano e ridano e cantino mentre io sono tutta qui, tutta nelle mie tette che mi fanno male, nella mia nausea e negli odori che sento troppo forti. Non ho sonno. Non sono mai stanca. Non faccio quei sonnellini fatati delle dolcissime donne incinte. Reagisco all'essere madre. Perché, se l'ho voluto con tutte le forze, per anni?

Giulia è eccitata, e mi ha accompagnato lungo tutta questa strada, da quando io e Andrea abbiamo deciso di avere un bambino, quattro anni fa, e ci abbiamo provato in qualsiasi modo. Giulia è stata con me, lungo tutta questa strada, molto piú di Andrea. Molto piú di chiunque altro. È lei la prima persona a cui ho detto che il test era positivo, non Andrea. Alla mia famiglia non l'ho mai detto – a mio padre, mia madre, mia sorella. Non mi hanno saputa incinta. Neanche dopo. Per loro, tutto quello che è successo non è mai successo.

Cantiamo balliamo, il sangue dalla ferita di Andrea non esce piú, è un natale struggente, spaventoso e accecante. Se penso che è passato quasi un anno da quando non sopportavo piú i sapori e gli odori che amavo da sempre, che manca troppo poco a un altro natale, il natale 2021 in cui avrei dovuto essere madre, in cui mi era stato assicurato che sarei stata madre, se penso che tutto quello che è stato non c'è piú, io come faccio? Io, cosa faccio?

Quando Andrea si taglia aprendo le ostriche, a tutti noi sembra che ci sia troppo sangue. Se avessi saputo allora quanto spesso ci saremmo visti, tu e io, caro il mio sangue. Quanto avrei spostato in avanti il limite del *troppo sangue*, giorno dopo giorno, nei mesi a venire. Se ci penso vorrei prendere per le spalle quella stupida che quella notte di natale aveva paura di essere madre, vorrei prendere per le spalle quella stupida codarda, sbatterla contro il muro senza alcuna accortezza per la sua gravidanza, e dirle guarda, cazzo, guarda davvero il momento in cui sei. Smettila di avere paura e guarda dove cazzo sei.

La odio, quella me piena e ingrata. La detesto. La vorrei morta.

Sarebbe stato un anno bellissimo.

Giulia mi manda un messaggio a novembre 2020, il giorno dopo il mio terzo transfer di embrioni. Io resisto già all'essere madre, mi faccio una passeggiata di venti chilometri con alcuni tra i miei piú cari amici a cui non ho detto nulla. Faccio questa passeggiata perché, mi dico, sono anni che ci provo in modo naturale e non ci riesco, sono due volte che ci ho provato con la procreazione assistita e non ci sono riuscita. Questa è la terza e non posso riporre nessuna speranza. La delusione è troppo grande, poi. Faccio una passeggiata e dico: se deve essere, sarà. Ma è la me razionale che parla. La me vera, la me che non ascolta mai nessuno se non le sue voci, dice: ce la farai, devi farcela per forza.

Giulia mi manda un messaggio: «Sarà un anno bellissimo. Il tuo romanzo andrà bene e avrai tuo figlio. Sono sicura». Io guardo quel messaggio di nascosto, mentre ci siamo fermati per mangiare dopo la passeggiata e io sono in bagno a far pipí. Non ci credere, mi ripeto. Non riporre alcuna speranza. Ma – non tanto quel giorno, quanto negli impossibili mesi successivi – ho imparato che la speranza è come quando guardi il sole troppo a lungo. Prima c'è luce, poi quella luce è troppa e ti brucia la retina; diventa tutto buio. La speranza è una macchia negli occhi per aver guardato il sole, si fa sempre piú grande, intacca tutto e si prende tutto. Ho imparato che la speranza quando è troppa diventa certezza. Che non è verde e nemmeno gialla. La speranza è nera, perché ti distrugge. Una delle voci che ho in me diventa troppo forte, sovrasta le altre, dice: non è possibile che non ce la farai. Ad agosto nascerà per forza il tuo bambino. Sarà leone, sole, mare, magari nasce lo stesso giorno di Elsa Morante, il 18 agosto, ma spero che sia molto piú felice di lei. Magari allora nasce lo stesso giorno del suo papà, il 6 agosto. Prenderà da lui la serenità e la gioia. Da me cosa può prendere? Non lo so e mi prometto che sarò una madre che sorride, e che è il punto di riferimento di suo figlio. Questo voglio piú di tutto: che mio figlio trovi in me saldezza. L'ansia che mi contraddistingue, per questo bambino me la ingoierò. Non dovrà mai sapere chi sono veramente.

Ce la farò?

Adesso, mentre scrivo, mento se dico che uno dei motivi per cui ho rimandato cosí tanto la mia decisione di avere un figlio è la paura di non essere in grado di non rivelarmi a lui?

La paura di non essere piú in grado di fare il mio lavoro. La paura di non saper nascondere chi sono davvero. Ogni ragione che ho avuto in tutti questi anni per non mettere al mondo mio figlio, io la maledico.

L'ho sempre pensata bambina, prima che accadesse. Poi, quando è successo, mi ero convinta che fosse un bambino. E invece erano tre bambine. Tre piccole che, nell'ecografia alla dodicesima settimana, se ne stavano felici dentro di me. Una stesa sul dorso, sembrava avesse le gambe accavallate e guardasse il cielo. Sembrava Huck Finn con un filo d'erba in bocca. Un'altra dormiva rannicchiata, serena («Quella ha preso da te», ho detto ad Andrea). Un'altra ballava e si muoveva come una pazza. «Quella ha preso da te», ha detto Andrea. «Balla sempre, ed è sempre in ansia. Come sei tu».

Come sono io.

E infatti sono le mie figlie. E io sono la madre.

Non so se voglio davvero scrivere questo libro. Non so se lo so fare. Leggo qualche pagina ad Andrea ma pretendo troppo. Andrea fa il regista e lo sceneggiatore, non c'è cosa che io scriva che, prima di mandarla nel mondo, io non faccia leggere a lui. Andrea è intelligente, talentuoso, e severo. Se lui dice che quello che scrivo non va, non va per davvero. Eppure, quando gli leggo poche pagine, per la prima volta da quando stiamo insieme lui non sa cosa dirmi. Pretendo troppo da lui, stavolta. C'era anche lui dentro questo infinito sangue.

E anche se Andrea non parla mai del dolore, non lo fa vedere mai, questa volta che soffre lo vedo pure io. Questa è anche la sua storia. Non è solo la storia di una madre. È anche quella di un padre. Sono un'egoista, se penso di essere la protagonista di questo dolore.

Gli leggo le poche pagine, devo leggergliele io ad alta voce, ascolta, mi dice: «Lo sai che se fai questo libro sarà tutto difficilissimo? Quando esce dovrai passare dei mesi a raccontare questa storia».

«E allora? Cosa faccio? Rinuncio? Non ha senso scriverlo?» chiedo.

Lui sta cucinando del sugo per la pasta. Rosso scuro.

«Ehi», insisto. «Rispondimi, ti prego».

«Penso che dovresti farlo», dice, quasi sottovoce. «Penso che sia giusto».

«Ma non mi puoi aiutare a capire cosa sto scrivendo».

Scuote la testa, gli dispiace: no. «Penso che dovresti farlo», dice. «Ma te la senti di passare un anno a ricordare tutto quello che è successo?»

Io non riesco a trattenere le lacrime, ma mi nascondo, sempre perché odio che qualcuno mi veda piangere, e odio soprattutto piangere, e vorrei dirgli: quando il libro uscirà, sarà tutto diverso. Sto scrivendo non nella speranza, ma nell'assurda convinzione di dare un lieto fine a questo libro. Non posso credere che finirà male. Non ci credo. Ancora oggi, dopo tutto quello che è successo.

Ma è un altro pensiero magico. Un'assurda convinzione. E la speranza ho imparato che è violenta.

Non dico niente. Faccio quello che faccio sempre, mi metto a inventare scherzi, a parlare di stronzate divertenti. A ballare. A disturbarlo mentre cucina. Mi pento di aver pianto, anche se solo un attimo.

Non volevo diventare cosí.

Io ho sempre amato il sangue. Il sangue delle ferite, delle ginocchia che ti sbucci andando sui pattini nel cortile di casa, degli scogli che ti graffiano perché hai fatto un tuffo un po' azzardato o ti sei buttata nel mare da un punto impervio, il sangue di certi patti di sangue da adolescenti in cui credi follemente, il mio sangue nelle siringhe delle analisi del sangue. L'ho sempre amato perché mi faceva sentire coraggiosa.

Le mie prime mestruazioni le ho avute a quattordici anni, e quanto mi è piaciuto che il corpo grondasse sangue, mi sembrava sempre troppo poco, e quanto mi piaceva fare sesso nel sangue delle mestruazioni, mi sembrava che fosse tutto piú liquido, piú pericoloso, piú forte, mi sembrava che il sesso fosse molto piú bello in mezzo a tutto quel sangue.

Ma poi quel sangue delle mestruazioni, a partire da cinque anni fa, l'ho odiato.

Mi ero sempre detta che non sarei diventata una donna cosí. Una donna che odia il sangue delle mestruazioni perché è testimonianza del suo fallimento. Quando finalmente mi sono decisa a fare un figlio, a quasi trentotto anni – ahi ahi ahi, sento le voci di mia sorella e di alcune donne che conosco, perché ti sei decisa cosí tardi?, e poi sento le voci delle altre donne che mi dicevano ma nooo, sei giovane, hai tutto il tempo davanti, e anche loro le odio –, quando ho provato a rimanere incinta con spensieratezza, ho fatto sesso quando mi andava convinta che cosí si fanno i figli (perché gli altri cosí li fanno) e non ci sono riuscita, quando poi ho cominciato a calcolare i giorni fertili, ad andare dal ginecologo ogni mese per controllare l'ovulazione – e il sesso diventa odioso, una medicina da prendere almeno una volta ogni due giorni per almeno una settimana, amara – e non sono riuscita lo stesso. Quando io e Andrea abbiamo fatto tutte le analisi del mondo, e non c'era niente che non andasse, e quindi niente che si potesse aggiustare. Infertilità *sine causa*. Quando sono passata attraverso il percorso della procreazione assistita, e un dio ha voluto che il giorno del mio primo monitoraggio dovesse coincidere con l'inizio di marzo 2020 – la prima settimana di lockdown – e che, in capo a un paio di settimane, al Policlinico di Roma dovessi fare il pick-up senza anestesia perché tutti gli anestesisti erano impegnati per il covid (te lo sei meritato), quel sangue, io, l'ho odiato.

Non volevo diventare una donna cosí. Mi sono sempre detta che non lo sarei diventata.

Quello che diventi, certamente, lo scegli tu. Quello che ti accade, spesso, no. Per sapere chi diventerai davvero, devi aspettare che il futuro accada. Solo quando il futuro accade sai se sei una delusione per te. Se sei proprio chi speravi di non essere. Io lo sono stata.

Una donna che non esce piú dall'unico pensiero di fare un figlio. Una donna che guarda le donne incinte con invidia. (Sii sincera quando scrivi). Va bene, sono sincera. Io le guardo con odio.

E se stai parlando solo a te?, mi chiedo. Un libro per essere un libro non può parlare solo a te. Deve essere di tutti. Come faccio a sapere se sto parlando solo a me?

Un libro è una cosa seria. Non puoi scriverlo per sfogarti. Non puoi scriverlo perché serve a te.

E quello che è successo me lo sono meritata pure perché, mentre cerco il coraggio di scrivere tutto questo, io penso: sarà un libro? Sarà un bel libro?

Me lo sono meritata perché, anche ora, invece di pensare solo a quello che è successo, io sto pensando alla scrittura. Anche adesso, che tre bambine non ci sono piú.

Ma sto procrastinando il momento del ricordo.

Per scrivere questo libro, devo aprire porte che non voglio mai piú aprire.

Ho paura, di guardare quei ricordi. Soprattutto quelli felici. A quelli felici, vorrei non pensare mai piú.

(«È ora di voltare pagina», mi ha detto non molto tempo fa una persona, voltare pagina, poi, che ha sempre a che fare con i libri. «Dai che lo rifate», mi ha scritto un'altra persona mentre ero in ospedale e avevo appena perso tutto. Se con la telepatia si potesse uccidere, tu che mi hai scritto quel messaggio saresti morto all'istante).

Riassunto (mi raccomando, nel riassunto sii sincera).

Ho sempre detto che avrei avuto cinque figli. Lo dico e lo credo da quando mi ricordo. Mi sono sempre detta: però, al momento giusto. Mi piacciono cosí tanto le famiglie numerose.

A diciotto anni, rimango incinta. Non è il libro in cui raccontare il perché, ma scelgo di abortire. A vent'anni rimango di nuovo incinta. Non è il libro in cui raccontare perché neanche questo figlio diventa mio figlio.

A trentaquattro anni mi metto con Andrea. Con lui, l'idea di fare un figlio diventa reale: ciò che desidero. Provo a convincerlo a lungo. Mi dice di sí, ma «con calma». Questo «con calma» non si trasforma mai in un «ora». Non posso dare tutta la colpa a lui (se potessi, lo farei). A quel tempo, io ho bisogno di un supporto. Voglio tanto un figlio, ma ne ho terrore. Avrei bisogno di un uomo che mi prendesse romanticamente tra le braccia, mi guardasse con gli occhi brillanti e mi dicesse: facciamo un figlio? Andrea, invece, va convinto. Io non ho la forza per convincerlo perché devo convincere anche me. Questi occhi brillanti e romantici, peraltro, se Andrea fosse un personaggio di fantasia, sarebbero incoerenti col suo personaggio. Alla fine, sottoposto a mie pressioni per anni, Andrea, di malavoglia, acconsente. E a quel punto, pronta, intervengo io: sta per uscire il mio terzo romanzo. Ho paura che una gravidanza possa nuocere al libro e dico: «Non è il momento».

Non è il momento per diverso tempo, per me o per lui. Una sera lo guardo e gli dico: «Se non lo facciamo adesso, non lo facciamo piú. Devi capire se lo vuoi. Se non lo vuoi, mi vedo mio malgrado costretta a lasciarti» (anche questo tipo di donna avevo orrore di diventare, e sono diventata). Prendo tutto il coraggio che ho. Lui non è convinto ma fa uno sforzo di coraggio. Cominciamo a provare.

L'ho detto. Non ci riusciamo facendo sesso quando ci va. Non ci riusciamo con i vari calcolatori di ovulazione che segnalano il momento in cui sei fertile. Non ci riusciamo andando – io – dal ginecologo ogni mese per monitorare il periodo fertile e facendo sesso – come da prescrizione medica – un giorno sí e uno no per quelli che i siti e le applicazioni sulla fertilità (ne ho scaricate quattro diverse) indicano con simpatia come «i giorni giusti». Lo inchiodo, ogni mese, sette/dieci giorni ai suoi doveri coniugali. Non ne può piú lui. Figuriamoci quanto non ne posso piú io. Non solo, come lui, devo fare sesso quando devo e non quando voglio (all'inizio è divertente, dopo un po' credo che entrambi preferiremmo qualsiasi altra cosa al mondo); ma devo anche dirlo timidamente ad Andrea: sai, sarebbe quel giorno... Gli chiedo fintamente divertita di ricordarsi anche lui i giorni giusti. Almeno giochiamo. Non se li ricorda mai. Oltretutto, è anche umiliante. In ogni caso tutto ciò non serve a niente. Proviamo con la procreazione assistita.

Non abbiamo idea in che casino ci stiamo andando a mettere. Andrea lo sta facendo piú per me che per noi o per sé (un altro cliché che avrei voluto evitare, ma). Quindi, faccio tutto io. Analisi, conto dei giorni, monitoraggi, visite, informarsi, studiare, cercare, trovare. Quando fa lo spermiogramma, lo porto io il suo sperma al laboratorio. Ho paura che, se gli chiedo anche un minimo sforzo, un minimo impegno, mi dica basta, non lo voglio piú.

La prima procreazione assistita la proviamo al Policlinico Umberto I. La procreazione assistita vuol dire un milione di analisi, un milione di monitoraggi – in questo caso, in ospedale –, un milione di medicinali, per bocca, per via vaginale, e punture. Vuol dire ormoni continui e una qualità della vita peggiorata del dieci percento (al tempo mi sembrava ottanta percento, ma non sapevo cosa sarebbe successo dopo). Vuol dire un pick-up, cioè, al momento giusto, prelevare lo sperma dell'uomo (che in pratica si fa una sega nel bagno dell'ospedale) e gli ovuli della donna (che dopo essersi gonfiata di ormoni va in sala operatoria e si fa prelevare i follicoli). È un'operazione che si fa in anestesia totale o parziale. Io, niente. È il marzo 2020, inizia il primo lockdown, nessuno sa ancora nulla di preciso sul covid, io sono terrorizzata di andare in ospedale e ammalarmi. Mi sembra la cosa piú assurda da fare, andare in un ospedale. Non c'è nemmeno l'obbligo delle mascherine. Ce le danno all'interno, e all'interno non può entrare nessuno, non può accompagnarti nessuno. Ma, non solo. L'ho già detto: non ci sono anestesisti disponibili a causa dell'emergenza. «Vuoi saltare e farlo tra qualche mese?» mi chiedono. Ma io non sono una che, quando si mette in testa una cosa, può procrastinare. Faccio il pick-up, come si dice, a crudo. «Ti meriti di rimanere incinta dopo tutto questo dolore», mi dice un'infermiera in lacrime. E io penso cazzo, perché unite sempre la parola maternità alla parola sacrificio e dolore? Anche per questo, forse, mi sono meritata di non rimanere incinta. Perché questa figura di madre dolorosa che si immola per i figli e scompare come essere umano non la posso sopportare.

Dopo il pick-up, in laboratorio i medici uniscono gli ovuli della donna agli spermatozoi dell'uomo. Ci sono vari livelli e vari metodi, a seconda dell'età. Io a marzo 2020 ho già quarant'anni e mezzo. Scelgono il livello massimo, fecondare gli embrioni in vitro e vedere quali arrivano alla quinta giornata e diventano blastocisti. Ne sopravvivono due. Li impiantano tutti e due, perché all'Umberto I non c'è la crioconservazione (cioè, non si possono conservare le blastocisti per usarle in un secondo momento). Seguono altre medicine, e io sono sicura di essere incinta (beata innocenza). In tutto questo iter, prima e dopo, quante volte, durante tutte le torture, mi morderò la lingua per non dire ad Andrea: a me mi torturano, e tu ti sei fatto solo una sega in bagno. Aspetto quindici giorni eterni per capire se, come si dice in gergo, gli embrioni si sono impiantati (io ho un latente terrore che se ne impiantino due, giuro e spergiuro che se rimango incinta di due gemelli muoio, mi uccido, mi ammazzo, mi butto dal balcone – anche per questo verrai punita – ma i medici mi assicurano che non succederà – poi capirò che è un'assicurazione senza senso). Aspetto questi quindici giorni sentendomi cosí tanto incinta. Giulia, l'unica che sa, mi dice: non mangiare i salumi, non mangiare il piccante, lava le verdure con il bicarbonato. Siamo convinte che io sia incinta. Passo il tempo a studiare su internet i piú minuscoli sintomi della gravidanza. Con Andrea, non ne parlo mai. Non ho idea di quanto, quando succederà tutto, non dover lavare piú le verdure con il bicarbonato mi strazierà il cuore. Azioni piccole, come questa. Ti scavano il cervello, ti fanno impazzire. Al quindicesimo giorno faccio il test del sangue, le beta hCG (in gergo, beta – converrai con me, mondo, che ho imparato tante cose). Vado al laboratorio analisi col cuore che esplode (sola). Oggi, quella strada da casa mia al laboratorio la detesto. Quando ci passo, non mi viene da piangere. Vorrei una bomba per far saltare in aria tutti. Al tempo, l'unica cosa che mi interessa è che questo bambino ci sia. Mentre sono in una riunione di lavoro online, mentre il mondo è in lockdown, mi arriva la mail del laboratorio coi referti. Zero. Niente. Devo continuare la riunione. Non ricordo nulla di questa riunione. Finisce. Chiudo. Dico ad Andrea: «Non sono incinta». «Come non sei incinta?» dice lui, ed è incredulo. Ma non è con lui che piango. Piango col mio ginecologo, il dottor S., e soprattutto piango con Giulia. Questo mondo che crolla lo posso condividere solo con lei.

Ma non posso nemmeno vederla. Siamo confinate. Piango al telefono. Sospetto che Andrea non sia disperato quanto me. Anzi, questo è sicuro. Sospetto proprio che Andrea non sia dispiaciuto. Lo odio.

Non racconto niente a nessuno. Neanche alle persone piú care che ho. Gli amici piú veri che ho.

Quello che ho fatto io a marzo è l'ultimo ciclo di procreazione assistita prima della chiusura totale per il lockdown. Seguono mesi in cui, confinata in casa come tutti, impazzisco. Devo aspettare che si riattivino i protocolli, mentre il tempo scorre e io ho capito troppo tardi che sono in ritardo ritardo ritardo. Mi dicono che le possibilità di rimanere incinta, anche con la procreazione, alla mia età, sono meno del 15-20 percento. Per alcuni medici anche il 10.

Appena si riaprono i protocolli, il 20 aprile 2020, io inizio di nuovo. Intanto è cambiato tutto. Ho cercato notizie ovunque – sola, Andrea non ha cercato niente – e ho trovato una clinica convenzionata in un'altra città, a Y. Quelli della clinica fanno le visite anche a Roma, ma poi pick-up e transfer si fanno a Y. Dopo aver chiesto alla dottoressa di riferimento della clinica, assicuro ad Andrea che l'unico impegno che gli chiedo è di venire a Y. il giorno del pick-up. Faccio tutte le ricerche da sola. Faccio tutte le visite da sola. Faccio tutto da sola.

Non lo sto scrivendo per colpevolizzare Andrea; questo è un riassunto; non mi posso dilungare. Comincio di nuovo le cure ormonali, infinite, costose. I monitoraggi, infiniti, costosi. Le analisi del sangue, infinite, costose. Mi sveglio all'alba con un mal di testa che non mi dà scampo e vado allo studio romano della ginecologa di Y. per fare i monitoraggi. Aspetto ore e ore il mio turno, prima per fare le analisi del sangue in un laboratorio convenzionato con la clinica, poi per fare i monitoraggi con la ginecologa. Rimango fuori dal laboratorio, al freddo delle sette di mattina, in fila. Col covid, non si può entrare nel laboratorio ad aspettare. Rimango sulle scale, davanti all'ingresso dello studio della ginecologa, in piedi o seduta sui gradini. Col covid, piú di quattro persone alla volta non possono entrare nello studio. Siamo in tante. Ci scambiamo le nostre esperienze. Io sono tra le piú vecchie. Io mi sento vecchia. E sono molto stanca.

Torno a casa e sono nervosa, furibonda con Andrea che non deve subire niente di tutto questo – ma non glielo dico, perché ho paura che risponda: allora basta. Furibonda con Andrea che sembra non vedere nulla di quello che sto passando.

Faccio tutto. Le medicine le analisi le punture. Ho un rischio di iperstimolazione. Si fa il pick-up, ma non si può fare il transfer. Se ne parla tra un paio di mesi o piú. Devono tornarmi le mestruazioni, devo prendere la pillola, devo aspettare ancora. *Sono in attesa* ribalta il suo significato. Non sono incinta, non sono in attesa di un figlio. Sono in attesa di fare qualcosa che ha il 10 percento di riuscita. Quando mi dicono che non posso fare il transfer subito dopo il pick-up, ma devo aspettare mesi – e intanto quanto sei vecchia per avere un figlio, quanto sei sempre piú vecchia – vorrei tornare a casa e ribaltare il tavolo. Spaccare il divano con un'accetta. Essere abbracciata da Andrea. Invece prendo la pillola per «resettare le ovaie».

Le mestruazioni dovrebbero venirmi a giugno. Non mi vengono né a giugno, né a luglio. È un'estate di attesa infinita. Odio la parola attesa. L'ho sempre odiata e adesso ancora di piú. A giugno Andrea accetta un lavoro di regia lungo e difficile. Da questo momento, scompare. Il lavoro lo risucchia non so neanche quante ore al giorno. Quando torna, è nervoso e stanco. Io perdo ogni contatto con lui e parlo solo con Giulia. Poi anche Giulia va in vacanza. E pure io, prima in una casa in Toscana – senza Andrea –, poi a Sperlonga, vicino a quel Circeo da cui, in quel momento, non posso immaginare che dovrò scappare, sulla Pontina, nella notte, sperando di non morire dissanguata, quasi un anno dopo. In quell'agosto 2020, passo un mese a Sperlonga con quattro miei carissimi amici. Andrea ci raggiunge per il weekend o poco piú. Ai miei quattro carissimi amici non dico nulla. Non sanno nulla.

Io prendo ormoni, pillola, medicine. Le mestruazioni finalmente arrivano. L'11 agosto. Devo cominciare la terapia per aiutare le ovaie e l'endometrio a prepararsi all'impianto. Dal 18, devo iniziare i monitoraggi per capire quando potrò fare il transfer a Y. Naturalmente nei giorni di ferragosto intorno a Sperlonga, una cittadina di mare in cui avrei voluto potermi perdere nella gioia di un'attesa, non ci sono laboratori per le ecografie aperti. Ma è necessario che io questi monitoraggi li faccia ora, altrimenti dovrò aspettare altre mestruazioni. Aspettare, ancora, non ne posso piú.

Il giorno in cui mi vengono le mestruazioni, passo tutto il tempo a chiamare i centri ecografici del circondario. Telefono, chiedo, alla fine imploro. La ginecologa del centro di Y. mi dice di lasciar perdere, di provare col prossimo ciclo. Per la seconda volta, mi dicono: vuoi saltare il giro? Non voglio e non posso. Sulla spiaggia, passo tutto il giorno a telefonare. Chiedo ad Andrea – che quel giorno c'è, perché ha avuto delle ferie per ferragosto – «Mi aiuti?» Non mi aiuta, legge l'ultimo libro di Stephen King. Io non mi arrabbio neanche. Non posso perdere energie. Devo rimanere concentrata. Mentre sta per tramontare il sole, lui ha finito il libro e io ho trovato un ecografista a Terracina, a mezz'ora-quaranta minuti da dove sono. È uno sconosciuto, era in ferie ma io l'ho supplicato. Sono brava a supplicare i medici.

Il 18 agosto alle otto di mattina inizio il primo monitoraggio. Andrea non viene con me. Ha sonno. Poi torna a Roma perché deve ricominciare il lavoro sul set. Io invento coi miei amici il motivo per cui, per quattro volte, a giorni alterni, mi sveglio all'alba e vado fino a Terracina. Sono brava a mentire. Sono sempre stata brava a mentire. Spesso, nella mia vita, mi sono chiesta come fanno le persone a credere alle cazzate che invento. Forse non vogliono sapere la verità, forse ho proprio un talento. Non sono una bugiarda seriale. Tutt'altro. Invento bugie, anche grosse bugie, solo quando si tratta di quella diga di me che sta chiusa e non voglio guardare, non voglio condividere. Lo faccio da quando mi ricordo.

Mi imbottisco di ormoni, punture, ovuli, pillole di progesterone. Il mio telefono è pieno di sveglie: io, che sono il disordine in persona, non posso sbagliare niente. Prendo Folidex 400 microgrammi, Deltacortene 5 mg, Seleparina punture 0.3 ml, Progynova compresse 2 mg (1 al mattino, 1 a pranzo, 1 la sera), Pleyris soluzione iniettabile 25 mg (2 punture al giorno), cerotti Estraderm 50 mg (2 ogni 48 ore). Ho dieci sveglie sul telefono. Passo tutta la giornata coi miei amici. Ogni volta che squilla una sveglia, loro ci sono. A volte riesco a prendere le medicine poco prima che squilli, altre – molto spesso – squilla davanti a loro. «Che ci fai con una sveglia alle due di pomeriggio?» Rido. «Niente, ho sbagliato», dico. «Che ci fai con una sveglia a mezzanotte?» Ridiamo perché sono strana, sono sempre stata strana, e stranezza piú stranezza meno non fa tanta differenza. Un giorno però Emilio, mentre ceniamo e la sveglia squilla a mezzanotte, mi fa, innocente: «Ma che ci fai con tutte queste sveglie?» Io sono sempre in imbarazzo, mi metto ovuli nei bagni del lido, mi faccio punture al volo nei bagni dei ristoranti. A volte le punture sono da comporre: boccetta d'acqua, polvere medicinale. Nel bagno di un bar è scomodo, non è pulito, e io ho il terrore di sbagliare. Ma cosa posso fare? Emilio sta aspettando una risposta divertente. Io non ho preparato una scusa – chissà come mai, dato che ho scuse, invenzioni, per tutto –, farfuglio un «sto facendo una cura ginecologica», cosí so che non chiederà altro. Perché non ho inventato una scusa?

Non ho inventato una scusa perché spero un giorno di poter dire ecco perché avevo tutte quelle sveglie. Per una volta, voglio essere un minimo sincera. Non voglio mentire. Devo solo tenere per me questo segreto piú a lungo possibile.

Prendo le medicine. Faccio le punture. Faccio i monitoraggi. Li invio alla dottoressa della clinica di Y. Alla fine ho l'ok. Il 31 agosto devo essere a Y. per l'impianto. Naturalmente, Andrea non verrà con me. Ho tre blastocisti. Mi chiedono se voglio impiantarne una o due. Mi consigliano una, perché la gravidanza gemellare può essere molto pericolosa. A Y. la crioconservazione c'è. Se scelgo di impiantarne una, le due che rimangono potrò usarle dopo. Potrò riprovarci, se va tutto male.

Vorrei discuterne con Andrea ma lui non ha seguito niente, non ha studiato niente, non ha come me la testa piena di tutto questo da ottobre 2019 – momento in cui ho fatto il primo colloquio per la procreazione assistita all'Umberto I. Mi dice: «Beh, facciamo quello che ci dicono». Io di colpo mi incazzo. Non è meno grave o piú grave delle altre volte, ma stavolta non mi tengo piú. Mi incazzo come non mi sono mai incazzata fino a questo momento (e non perché non lo odi, ma perché mi serve averlo dalla mia parte, non mi incazzo perché non mi conviene incazzarmi; divento una stratega, una matematica, una calcolatrice come non sono mai stata). Questa volta sí. Questa volta mi incazzo davvero. Gli rinfaccio la sua totale assenza. Lo faccio solo per messaggio, però. Poi smetto, devo rimanere concentrata. Concordo con la clinica l'impianto di un embrione, come hanno consigliato loro.

Il 30 agosto torno a Roma, nel tardo pomeriggio. In macchina, io e i miei cari amici che non sanno niente. Ho detto che il giorno dopo devo andare a Y. per qualcosa di medico. Ho inventato una bugia che neanche ricordo piú, e a cui loro credono.

La mattina dopo prendo il treno per Y. all'alba. Sembra arrivato di colpo l'inverno. Fa un freddo pazzesco. C'è il covid. A che punto siamo del lockdown? Non lo ricordo. È il momento in cui, da metà agosto, i contagi stanno crescendo di nuovo. A Y. non ci si può sedere a un bar, in un ristorante, da nessuna parte. Solo asporto. Non voglio mangiare, vorrei solo sedermi. Ho freddo, c'è vento e piove. Prendo il tram che mi porta alla clinica di Y. C'è il covid. Non si può entrare finché non è il mio turno. Aspetto fuori, al freddo. Tutte le donne sono coi loro fidanzati e mariti. Cerco di non pensarci. Devo rimanere concentrata. Faccio questo transfer che mi fa malissimo – ho l'utero stenotico, mi causa dolore anche quest'operazione che non dovrebbe causare dolore. Mentre mi operano mi dicono: «Guarda come corre la blastocisti nel tuo corpo, è emozionante». Per me non è emozionante per niente. Non voglio guardare. Non voglio sperare. Questa è solo un'operazione meccanica. Non mi emoziono.

Riprendo il tram e sono stanca, e ho questa cosa dentro a cui non voglio pensare se non come «cosa». Arrivo alla stazione un'ora prima del treno che mi porterà a Roma. C'è il covid e fa freddo. È vietato tutto. Io mi siedo per terra su un marciapiede, per strada. E aspetto. In teoria è vietato anche questo.

Pausa.

Negli ultimi tre anni fino a questo momento, questo 31 agosto gelato, io ho lavorato al mio nuovo romanzo. Non ho mai pensato che ci fosse una connessione tra la storia di una donna intrappolata in una casa con due figlie che non vuole piú e tutto quello che sto facendo per rimanere incinta. Veramente non ci ho mai pensato. Veramente non c'è. Durante l'estate 2020 a Sperlonga, sto cercando il titolo del romanzo e la copertina. Il libro uscirà a gennaio 2021. Non ho mai pensato che i libri sono figli, lo penso ancora meno adesso. Mi fa vomitare solo l'idea. I libri non sono figli, per niente. Ma è intorno ai libri che da sempre ruota tutta la mia vita. E quindi mi dibatto tra queste due attese. L'attesa del romanzo che sta per uscire, tutto il lavoro per scriverlo, riscriverlo, editarlo, cercare il titolo, la copertina, preparare il lancio, e quest'altra attesa. La speranza che fa davvero battere il cuore di rimanere incinta. La speranza che fa davvero battere il cuore che questo libro sia bellissimo, vada bene, sia accolto con una festa.

Questo è un riassunto, ma io devo mettere un punto. Lo devo fare per sincerità. Non ho fatto un figlio prima, quando ero ancora in tempo, perché non avrei potuto fare il mio lavoro cosí – o ho avuto terrore di non poterlo fare cosí – se avessi avuto un figlio. Non c'è nessuno che ti aiuta a essere una donna ambiziosa e una donna che vuole diventare madre nello stesso tempo. La prima volta che sono rimasta incinta, posso dirmi tutto quello che voglio ma il motivo per cui ho abortito è che volevo fare la scrittrice. E anche la seconda.

Ricominciano i giorni di attesa. Intanto editiamo il libro, prepariamo il lancio, lavoriamo sul titolo e sulla copertina, e io mi divido in due. Una è quella che lavora, una è quella che controlla ossessivamente tutti i siti sulla gravidanza.

Ho un matrimonio a Procida. Andrea mi raggiungerà piú tardi, perché deve lavorare. Passano i giorni. Faccio il test di gravidanza. Non dico niente alla ginecologa del centro di Y. Non dico niente ad Andrea. Dico tutto a Giulia. Le mando le foto dello stick. «Ti sembra positivo?» chiedo (non è un test di quelli seri, è una strisciolina che sembra una cartina al tornasole, bisogna capire se la lineetta rosa c'è o te la immagini). Giulia mi dice: «C'è! Sei incinta, c'è!» Io non lo so se la vedo, se la foto è fatta male, arriva il giorno delle analisi del sangue e io devo partire per Procida. I risultati non sono ancora arrivati. Sul traghetto, in mezzo ad amici e conoscenti che non sanno niente, mi arriva la mail con la risposta. Invece della scritta negativo, questa volta c'è un numero accanto alle beta: 76. Controllo e capisco che è poco, ma la ginecologa del centro di Y.

e Giulia e io diciamo sí, ce la faremo. Non dico niente ad Andrea, mentre sto scoppiando.

Non gli dico niente quando arriva – sapeva che dovevo prendere i risultati, mi ha chiesto piú volte notizie, ma senza troppa convinzione –, non gli dico niente fino a notte, quando torniamo in albergo. Non so come ha fatto ad aspettare fino a questo momento per sapere. Credo abbia intuito, altrimenti gli avrei detto solo un: no. Non so come abbia fatto a rispettare i miei «aspetta, poi ti dico». Un po' sono stupita, un po' sono arrabbiata. Non gliene frega un cazzo: è quello che penso sempre. E poi mi dico: non te ne deve fregare un cazzo che non gliene frega un cazzo.

Glielo dico quella notte, il risultato, gli dico anche che dobbiamo aspettare, perché le beta sono molto basse. Potrebbe trattarsi di un piccolo positivo, qualcosa che non ha il tempo di esserci e finisce. Lo dico, ma non lo penso. Tento di non esplodere di gioia. Lui mi sorride. «Dimmi qualcosa, sei contento?» Ma, se fosse un personaggio di un romanzo, non sarebbe nel personaggio di Andrea dire molto altro. Posso chiederglielo tutte le volte che voglio.

La mattina dopo, però, al matrimonio mi sta sempre vicino.

Nel pomeriggio, con gli amici che sono con noi, facciamo un bagno in questo mare blu scurissimo, profondissimo, di Procida. Un bagno incredibile. Dico a quella cosa che c'è dentro di me: guarda, questo è il mare.

Due giorni dopo, sul treno di ritorno, sento che qualcosa non c'è piú. Non so se è una sensazione fisica, mentale, o solo coincidenza. In traghetto e poi in treno, coi miei amici, parlo del caldo che faceva, di com'era buona la pasta con le vongole, degli invitati simpatici e antipatici, e ascolto parlare di com'era bello il vestito della sposa e degli invitati simpatici e antipatici, ma in realtà io sento solo una cosa: che è finito tutto. Quella sera rifaccio il test. La linea non si vede quasi piú. Il giorno dopo rifaccio le beta. Sono diminuite. Diminuiranno fino a scomparire. Potessi scomparire anch'io.

Tutto daccapo.
Aspetta che tornino le mestruazioni.
Analisi, medicine, monitoraggi, tutto. Tutto daccapo.
I mesi passano.
L'uscita del romanzo si avvicina.
Abbiamo trovato il titolo. Abbiamo trovato la copertina.
Mi piacciono tantissimo. Il titolo. La copertina.

Adesso, mentre scrivo, sto cercando di guardare in quei mesi. Non vedo nulla. Non ricordo nulla. Adesso, mentre scrivo, smetto di scrivere e controllo le foto sul mio cellulare. Mi diranno qualcosa di cosa ho fatto mentre aspettavo che la mia vita, finalmente, succedesse; su questi due fronti che non si staccheranno piú. Cerco di ricordare me che lavoro al libro. Cerco di ricordare me che faccio le analisi, i monitoraggi, e il resto. E che qualcos'altro faccio. Sicuramente.

Guardo le foto. Non mi dicono niente.

Andrea lavora tutto il tempo, tutto il giorno. Io lavoro per l'uscita del libro e aspetto. Che esca il mio romanzo. Che esista mio figlio.

Io sono emozionata, speranzosa, elettrizzata, demoralizzata, delusa, speranzosa, elettrizzata, stanca, piena di ormoni e di medicinali, piena di punture, emozionata, speranzosa, elettrizzata, disperata; bugiarda.

A novembre, torno a Y. per l'impianto. Subito prima, mi chiamano per chiedermi quante blasto (le chiamano cosí, tipo in modo amichevole, blasto invece di blastocisti, eco invece di ecografia; mi adeguerò, lo farò anch'io) voglio impiantare delle due che mi sono rimaste. Io vorrei impiantarle entrambe, visto che sto per compiere 41 anni e che due tentativi sono andati male. Ma mi hanno terrorizzato con la possibilità della gravidanza gemellare, e non so se posso farlo. Chiedo consiglio. Uno dei ginecologi del centro di Y. mi dice: «È una scelta tua, ma capisco se vuoi provare con due. Se non giochi non vinci», mi dice. «Ma questo è un mio parere personale, eh». Ne parlo con Andrea, quel poco che ci vediamo. Abbiamo litigato molto in questi mesi. Ho litigato con lui spudoratamente. Senza alcun riguardo alla possibilità che dica basta, non lo facciamo piú. Ho litigato cosí tanto che per la prima volta in sei anni una notte gli ho detto: non tornare a dormire qui. Dice: «Va bene, proviamone due».

Vado di nuovo a Y. Vado di nuovo da sola.

Ma stavolta non è una fine di agosto con un vento gelido che ti sbriciola le ossa. Stavolta, seppur con la mascherina, mi fanno sedere in sala d'attesa. E mentre aspetto il mio turno, mi chiama la caporedattrice della casa editrice per cui a gennaio pubblicherò il romanzo. Stiamo per chiudere la bozza definitiva del libro, quella che manderanno in stampa. Mi chiede se ho tempo per guardare gli ultimi dubbi. Istintivo mi viene da dire: richiamami piú tardi. Ma poi capisco che non voglio. Nella solitudine di questa sala d'attesa dipinta di rosa, prendo le cuffie, apro il computer, e sussurro: «Sono nella sala d'attesa di un medico, ma se ti va intanto iniziamo». Lei mi risponde che può aspettare, non c'è fretta. Ma io voglio lavorare al mio romanzo. Non voglio aspettare qui, sola e spaventata. Non è da me essere sola e spaventata. Questa telefonata non la dimenticherò mai. Adesso, mentre scrivo, quella telefonata ce l'ho stampata nella mente. Lei che mi sottopone con cura i suoi ultimi dubbi. Io che rispondo, e il tempo in questa stanza non solo passa piú veloce, ma è un tempo dolcissimo. Sto agendo, che è l'unica cosa che so fare. Sto agendo per il libro, e sto agendo per qualcuno che potrà nascere da me. Rimango in sala d'attesa non so piú quanto tempo. Riusciamo a finire il nostro lavoro. Poco dopo, mi chiamano. «Sei pronta?» Sono pronta. Non sapete neanche da quanto tempo lo sono.

Stop.

Tra le altre cose, il mio romanzo in uscita è anche la storia di una madre che non sa piú se vuole essere madre. Una madre travolta dalla solitudine, che passa tutto il tempo chiusa in casa con le due figlie piccole, senza poter fare altro. A volte, quelle bambine le odia.

Quando l'ho scritto avevo paura che fosse falso. Del resto, non ero madre. Non avevo idea che, una volta uscito, in ogni presentazione mi avrebbero chiesto: hai figli? E io ogni volta avrei risposto con uno stato d'animo diverso.

Quando l'ha letto per la prima volta, una delle persone che lavorano in casa editrice mi ha detto: «Non so come tu abbia fatto a scrivere di maternità non avendo figli. O ce li hai e me lo nascondi», e ha riso, «o non ne vuoi con tutta te stessa», e ha riso di nuovo. Io ho riso, quante volte ho riso mentre mi spaccavo dentro, in questi mesi, in questo anno – è quasi un anno – in cui ho presentato il libro. Io ho riso e credo di aver detto no, certo, non ne voglio.

Intanto, poco prima del mio compleanno – il 20 novembre –, l'ho detto alla mia amica Ada. Passavamo la sera insieme, sole, e a un certo punto, non so com'è successo, non sono piú riuscita a tenerlo per me. Le ho raccontato tutto quello che ho passato fino adesso. Lei si è commossa e pure io ho pianto. «Perché non me l'hai detto prima? Mi dispiace non essere stata con te». Ma io non potevo raccontare niente a nessuno. Adesso però l'ho detto a lei. Da adesso in poi, lo sa.

Ogni volta che lo dico a qualcuno – per ora siamo pochissimi a sapere, Andrea, io, Giulia e adesso Ada – mi sembra di perdere forza. Anche questo è parte della mia diga.

Odio andare dagli psicologi – non ci andrò mai, in tutta questa storia, anche se me lo consiglieranno in tanti, amici, medici, e perfino l'ospedale. Odio andare dagli psicologi e l'ho sempre odiato, perché mi fanno sentire malata. Appena mi siedo davanti a uno psicologo, comincio a sfidarlo. A innervosirmi. Non pensavo di essere una di quelle persone che «se non lo nomini non c'è». Ho scoperto di essere cosí. Non voglio nominare niente che mi faccia stare male. Nessun passato. Nessun presente. Nessun futuro. Finora non ho raccontato a nessuno di tutto quello che stavo facendo, non perché mi faccia soffrire – in questo momento, la stupida prevalente sensazione è ancora la speranza – ma per un altro pensiero magico. «Se lo dici, non si avvera». E poi perché immaginavo – quanto l'ho immaginato, quanto lo sto immaginando anche adesso –, immaginavo e immagino ossessivamente il giorno in cui potrò chiamare una mia amica e dire: ecco, è successo. Una di quelle chiamate che ho ricevuto tante volte, nei miei quasi quarantadue anni. «Volevo dirti una cosa, Toni», e già la voce della donna che mi chiama ride, e già la voce della donna che mi chiama dice tutto, e non c'è bisogno che lei mi dica cos'è successo, perché io già lo so, «Volevo dirti una cosa, Toni. Sono incinta». Questa chiamata. Questa. Da quanto tempo immagino di poterla fare io.

Ogni volta che dico a qualcuno cosa sto cercando di fare, mi sembra di perdere forza. Ma stavolta, quando lo dico ad Ada, è perché penso che sto per farcela. Che quella chiamata è cosí vicina. E che è cosí dolce aspettare che succeda, insieme a te.

Il giorno del transfer a Y., il 24 novembre, invito un mio amico a cena (ce ne freghiamo di questo coprifuoco, siamo degli scellerati). Compie quarant'anni. Sta passando un periodo crudele. Io e Andrea ceniamo con lui e la sua compagna per dargli un po' di sollievo. Io sono col mio amico ma sono anche da tutt'altra parte.

Sono appena tornata a casa da Y. Se c'è qualcosa dentro di me, io lo custodisco cosí. Con questa cena.

Il giorno dopo faccio quei venti chilometri a piedi, la passeggiata in salita su Monte Mario. La mia amica Giulia mi ha detto: «Mi raccomando, camminare sí, ma non stancarsi». Io non avevo intenzione di scalare Monte Mario, ma poi è successo. Faccio questi venti chilometri e sono spavalda, sprezzante, non so neanche perché lo sto facendo. Perché sono piena di un'ingenua fiducia? In cosa? In chi? O perché non sono una buona madre e non so tutelare i miei figli? O perché non sono mai cresciuta e faccio ancora ruotare la mia vita, sempre, intorno a una sfida (chi sto sfidando, peraltro, adesso)? Ho fatto un sacco di cazzate – brutte, belle – da adolescente, e ne faccio ancora. Una voce mi dice: ma è pericoloso! Oppure: non si fa! Io faccio finta di pensare, poi rispondo: ma che cazzo me ne frega, sí che si fa.

«Buongiorno dottore, ieri ho fatto di nuovo le beta. Sono 6682 (ho trasferito due blastocisti, spero che ne sia attecchita una e bene...) Dal centro mi dicono di proseguire la terapia e rifare le beta tra 5-7 giorni. Lei che dice?»

Il telefono dove ho i primi messaggi in cui le beta, finalmente, sono positive, e sono un numero altissimo – qualcosa come 700 – l'ho perso.

Di quei messaggi non c'è traccia.

Non c'è traccia di quando ho fatto, di nascosto, i test di gravidanza – di nascosto da tutti, tranne che da Giulia –, di quando ho mandato il primo risultato a Giulia, né di quando l'ho mandato alla dottoressa del centro di Y., o al mio ginecologo di Roma, il dottor S.

C'è un salto nei messaggi, che passano dall'ultima volta in cui è andato tutto male al 15 dicembre quando scrivo questo messaggio al mio ginecologo di Roma – il mio vero ginecologo, che sarà un padre, un medico, e anche gli alti e bassi di un padre, e anche gli alti e bassi di un medico. Non c'è risposta a questo messaggio. Perché lui mi chiama. Mi chiama al volo ed è felice perché era con me in tutti questi anni di ricerca. Ed è emozionato, e quella voce felice è splendida, per me.

(Sei sicura che ce la puoi fare a leggere quei messaggi? Sei sicura che ce la puoi fare, ad aprire la cartellina dell'orrore in cui conservi tutte le analisi, le indagini mediche, i referti di tutto quello che è successo? Sei sicura che puoi spalancarla, quella porta? Mentre scrivo, adesso, Andrea è accanto a me. Sta lavorando. Non gli ho detto che sto continuando a scrivere questo libro. Vorrei tanto fargli leggere queste pagine, ma sono ripiombata nel mutismo).

Nei giorni in cui le mie beta lievitano, raddoppiano, quadruplicano (mi basta aprire il sito del laboratorio analisi per scaricare nuovamente i referti col numero preciso delle prime beta, ce la faccio? No, non ce la faccio, e infatti sopra ho scritto «qualcosa come 700» pur di non guardare i referti, ma o hai il coraggio di scrivere questo libro o non ce l'hai. E cosí, va bene, lascio passare un giorno o due, vado sulla pagina dei referti, clicco. Me li scarica direttamente. Io li guardo – 8 dicembre, valore beta 258, 10 dicembre 764, 14 dicembre 6682 –, una voce mi dice smetti, smetti questo libro, a che pro tutto questo dolore, ma io non mi posso fermare, elimino subito i file dei referti, apri cartella Download, elimina, elimina, elimina), nei giorni in cui le mie beta lievitano Andrea sta girando. Se possibile, c'è ancora meno di prima. Io sono felicissima di queste beta, ma sono anche terrorizzata. So di aver trasferito due embrioni. So che al centro di Y. mi hanno spiegato in tutti i modi che una gravidanza gemellare è molto pericolosa. So anche, con certezza, che due gemelli non li voglio. Non sono in grado nemmeno di pensarli, due gemelli (te lo sei meritato). E cosí, con queste beta che schizzano verso le stelle a dicembre, fa freddo, mi viene da vomitare, e ad Andrea non voglio dire niente perché ho paura che si spaventi, il mio dubbio (potrebbero essere due?) me lo tengo per me.

Anzi, no, il mio dubbio lo dico a Giulia. Lo dico e lo ridico a Giulia. Lei ride isterica, «dai non sarà», mi dice, e controlliamo al telefono le beta alla sua prima e seconda gravidanza, alla prima alla seconda e alla terza analisi. Giulia è paziente ed è con me, Giulia di solito non è paziente ma per tutti questi mesi non ha mai smesso di esserlo, le sto dando questa responsabilità enorme di essere il mio punto di riferimento in questa storia, e lei l'ha presa. Non è mai ad Andrea che dico i miei dubbi, le mie paure per il lavoro – ho sempre terrore che mi dica: allora se hai paura non se ne fa piú niente –, è a Giulia che racconto gli incubi che faccio – il romanzo, e due gemelli –, è a Giulia che mando foto e messaggi e screenshot. Lei c'è.

Il dubbio mi stritola le budella. Come farei col mio lavoro, se fossero due gemelli? I miei genitori vivono lontani, la madre di Andrea è sempre impegnata. Non abbiamo soldi per pagarci una tata. Andrea quando prepara un film e poi quando è sul set praticamente non c'è. Come faremmo se fossero due? Cosa ne sarebbe del mio lavoro, e dunque di me?

E però devo essere totalmente sincera. Il lavoro è la mia preoccupazione piú grande. Quella che forse qualcuno potrebbe trovare comprensibile. Ma ne ho anche un'altra: i viaggi. Io amo viaggiare. È la cosa che amo di piú dopo la scrittura. Come farei a continuare a viaggiare se fossero due gemelli? E anche se fosse uno solo? (Tu, per questi pensieri da stronza e da egoista, tu te lo sei meritato).

Oggi, novembre 2021, quasi un anno dopo, la me vuota inchioderebbe quella me madre di un anno fa. Ma come fai a non vedere che sei la piú fortunata del mondo, Antonella? O meglio Toni, come mi chiamo io. Cazzo, le direbbe (e le tremerebbe la voce, alla me debole e inutile di oggi), cazzo goditi questi momenti. Perché quando saranno passati dovrai lottare come non hai mai fatto per non impazzire. E sí che di momenti in cui avevi terrore di diventare pazza ne hai avuti. Ma mai un senso di disperazione cosí.

Nei giorni di cui non c'è traccia perché ho perso il telefono, comincio ad avere le nausee. Ma non mi sento stanca, non mi sentirò mai stanca durante tutta la gravidanza. Non mi sento stanca ma mi sento terrorizzata. E poi appunto perdo il telefono. E passo quella giornata, mentre Andrea non è neanche un'ombra, è solo un nome lontano, come chi non vedi ormai da decenni e non ricordi piú, passo questa giornata andando avanti e indietro, a piedi, dappertutto – non posso usare il motorino da quando ho fatto l'impianto, e dopo, quando questa storia finirà, spenderò centinaia di euro in taxi, perché quel motorino mi ha tradito come tutto il resto, quel motorino che oggi posso usare tutte le volte che voglio è il simbolo di tutto quello che ho perso, e quel motorino non voglio vederlo mai piú –, perché devo comprare un altro telefono e queste beta sono cosí alte e a Giulia continuo a dire e se fossero gemelli?, e Giulia dice speriamo di no, e io dico speriamo di no, poi mi dice anche con due gemelli si può fare, e io dico no, ma che due gemelli, no che non si può fare, sei pazza, immagino scenari – gli scenari per i quali ho iniziato troppo tardi a cercare un figlio, gli scenari che sono un'immagine precisa, il mio lavoro come fosse un palazzo costruito con fatica, anno dopo anno, che d'improvviso implode su sé stesso e si fa polvere, io in casa tutto il giorno mentre gli altri vincono premi Nobel, premi interstellari e vanno sulla luna –, immagino scenari di distruzione e mi siedo sul gradino del portone di casa mia, fa freddo, è dicembre, è tardo pomeriggio, è tutto buio, Andrea non reagisce alla notizia che la gravidanza ha attecchito (è troppo presto per dire che *sono incinta* – questa frase infatti non la dirò mai, perché non avrò il tempo di dirla), sono seduta su quel cazzo di gradino, disperata, dico alla mia amica se sono gemelli io me ne vado, scappo, lei risponde ridendo: «Non puoi scappare da nessuna parte, dove vai, uno o due che siano sono dentro di te».

E io in questo momento realizzo (ho avuto attimi grandiosi di realizzazione, seguiti da attimi terribili di non accettazione, seguiti da attimi di meravigliosa gioia e pienezza, ma non mi sono mai seduta su un attimo sempre uguale, non ci sono mai riuscita), in questo momento realizzo, vedo, per la prima volta questo, questi, uno, due, dentro di me, poveretti, sbattuti tutto il giorno in giro, avanti e indietro dal negozio Apple, su e giú per i cinque piani a piedi del mio palazzo, con questa madre scema che li ha cercati tanto e ora ne ha paura, realizzo e dico: non posso scappare. E per la prima volta nella mia vita la frase non posso scappare è una sorpresa splendida. Non solo non posso, ma non voglio scappare. Dove vado io, va lui, lei, o loro. Stanno sempre con me. Su quel gradino al buio e al freddo, è una scoperta incredibile.

Non posso scappare. Ma soprattutto: non voglio.

(Intanto continuo a prendere medicine, farmi punture, bisogna continuare fino al terzo mese di gravidanza; continuerò con le sveglie che ho ormai da mesi, con queste e altre punture. Quando un giorno non serviranno piú, le silenzierò piangendo. Ma non avrò ancora il coraggio di eliminarle. Loro, coi loro orari precisi, con i nomi delle medicine da prendere o iniettare. Poi, un giorno, tirerò un respiro e cancellerò tutto. Sarà il momento della rimozione: quello in cui non vorrò soffermarmi neanche un attimo sul gesto di cancellare, quello in cui cancellerò e non darò tempo al mio cervello di piangere, di ricordare, cancellerò e mi girerò subito verso Andrea – che non ha visto niente – e gli chiederò: «Tu lo sai come mai a volte fa freddo e a volte fa caldissimo?» «No», dirà lui, come per accontentare il gioco di una bambina di cinque anni. «Io lo so: perché esistono le stagioni. Un altro caso risolto per l'ispettore Antonio», che sono io. E lui sorriderà e dirà: «Quanto sei scema». E io sarò un ispettore Antonio smagliante, in ottima forma).

«Buongiorno dottoressa», questo messaggio è per la ginecologa del centro di Y. che ha seguito il mio iter di inseminazione artificiale, «le mando le mie beta. Sono un po' alte o è normale?»

Risposta: «Aspettiamo la prima eco per vedere se sono uno o due ;)». Ma cos'è questa emoticon con l'occhiolino? Sei tu che mi hai detto che se se ne impiantano due è tragico. Che cazzo c'è da fare l'occhiolino?

Io: «Ma c'è davvero tanto rischio che siano due?»

Lei: «Eh, vedremo all'eco. Io ti avevo consigliato di impiantarne uno solo».

Ma cosa c'è da fare l'occhiolino? Cosa c'è da ridere se io ho fatto una cazzata? E devo ricordarti che ho avuto il beneplacito dell'altro medico del tuo centro per impiantarne due?

Il messaggio non ce l'ho, lo cito a memoria. Può essere impreciso, ma il senso è questo. Vedo chiaramente l'emoticon con l'occhiolino, ce l'ho stampata in testa. Lo dico a Giulia e Giulia dice: «Ma questa è una stronza. Perché non la mandi affanculo?» Io, in questa storia, non manderò affanculo nessuno.

Non ne avrò la voglia, il coraggio, la forza. Sarà a volte perché sono troppo felice e me ne frego degli oltraggi, a volte perché sono troppo disperata e me ne frego delle offese, a volte perché sono in balia dei medici e non posso mandarli affanculo, la vita delle mie figlie o la mia dipende da loro, a volte perché sono annichilita, tramortita, da troppa gioia o da troppo dolore, a volte perché non voglio arrabbiarmi mentre sono incinta. Ho paura di perderlo. Perderla. Perderle.

Adesso, mentre scrivo, il mio odio invece risplende granitico. Sgozzerei a una a una le persone che mi hanno reso questa storia ancora piú insopportabile. Non ho alcuna pietà.

(Quando sarà successo tutto, all'inizio quelli che sanno avranno paura di parlarmi di figli. O quando qualcuno che non sa questa storia mi parlerà di figli o gravidanze, quelli che sanno mi guarderanno preoccupati. Andrea cercherà di evitarmi film con gravidanze e figli, o qualsiasi cosa possa ricordare dei bambini. Io invece dirò no no, parlate, dite, raccontate, devo vedere, devo sentire, devo toccare. Non fa male, dirò. È la mia privata terapia d'urto. Il mio privato rifiuto di ciò che è successo. Non so se faccio bene o male, mi sembra di fare bene agli altri lasciandoli liberi di dire ciò che vogliono. Mi sembra di fare del bene a me perché non posso vivere cosí. Intanto, tutto mi fa male. E col tempo tutti sembrano dimenticare ciò che è successo, perché io non ne parlo mai. Questo mi fa ancora piú male. Non avere nessuno che mi chiede piú come stai, raccontami. Lo so che lo fanno pensando di fare il mio bene: non vogliono toccare il discorso per paura di intristirmi. Non sanno che io sono Toni, quella che dice sempre stronzate, ride sempre, sdrammatizza sempre, fa anche battute su quello che è successo; e dentro è un buco nero.

Non lo sanno perché io non glielo faccio sapere. Perché è parte della mia diga. E però, se tu non mostri il dolore, la gente come fa a starti vicino?

C'è una cosa. Può succedere che, quando mostri il dolore, la gente non ti stia vicino. Io, piuttosto che provare una delusione del genere, taccio. Anzi: rido).

Andrea non è insensibile come può sembrare da quello che sto scrivendo. Andrea non si commuove, non si esalta, ma mi compra un fiore. O cucina qualcosa che mi piace molto. O c'è, magari senza parlare, ma c'è, in tutti i miei sbalzi d'umore, in tutti i miei viaggi dell'orrore. Non in tutti. In alcuni. Tanti, ormai, non glieli racconto neanche piú. A volte che lui ci sia non serve a niente. A volte serve.

Andrea c'è quanto crede e quanto può, a modo suo, ma in questi mesi non c'è mai. Questa battaglia però è anche sua, e la sta combattendo come può. Io di questa sua battaglia non so nulla.

Le olive sottolio non le mangio piú. Mi fanno venire da vomitare.

Il caffè non lo bevo piú.

I gamberi non li mangio piú.

Qualsiasi cibo con un minimo di condimento non lo mangio piú. Mi fa venire da vomitare.

Ho sempre odiato la pizza. Mangio solo pizza. Mangerei sempre pizza. Amo la pizza.

Tutti i gusti che amavo prima mi fanno correre in bagno a vomitare. Col tempo, neanche il vino o la birra riesco a berli piú.

La battaglia piú grossa è con le sigarette. Non ho neanche chiesto al ginecologo, perché non ce la farei a ricevere un no. Non mi merito di essere madre anche perché continuo a fumare un paio di sigarette al giorno. Prima ne fumavo venti, va bene. Ma tu lo sai, Toni, quante donne ti hanno detto: dal primo giorno di gravidanza ho smesso.

Io invece non smetto. Combatto come una pazza ma non riesco a fumare meno di due o tre sigarette.

Queste bambine che sono qui dentro mi perdonano. Mamma, mi dicono. Tu sei come sei. Oppure no, queste bambine mi odiano. Mamma, mi dicono, sei la peggiore madre del mondo. Un'egoista. Oppure mi sfanculano tutto il giorno. Se ne stanno tra loro, chi a succhiare un filo d'erba sdraiata sul dorso guardando il cielo, chi a ballare, chi a dormicchiare rannicchiata su un fianco. Io non lo so.

Non so nemmeno che sono tre.

Intanto non riesco a mangiare quasi piú niente. Ma quanto sono felice quando devo correre a vomitare. Il senso di nausea non mi lascia mai. Quanto sono felice quando devo correre a vomitare di nascosto. L'unico sollievo me lo dà la Schweppes. Bevo litri di Schweppes, non bevo quasi piú alcolici, sono preoccupata che i miei amici vedendomi di colpo cambiare abitudini capiscano qualcosa. Sono preoccupata, ma in realtà lo vorrei.

Quante volte nella vita avrei voluto che qualcuno smascherasse le mie piú grandi bugie.

E invece nessuno dice niente, mentre la pancia comincia a crescere – perché non c'è un solo bambino dentro di me, anche se io non lo so ancora –, le tette si gonfiano – «Guarda che tette!» dico ad Andrea. «Sei contento?», e lui ride, sí è contento, e pure io, che finalmente sono una con grandi tette tutte da toccare.

Nessuno dice niente. Emilio, uno degli amici con cui sono andata a Sperlonga, uno dei piú cari amici che ho, da un certo punto in poi quando vado a casa sua a pranzo o a cena mi dice: «Ti ho comprato la tua Schweppes», con un sorriso. Come prima mi diceva: «Ti ho comprato la tua birra». Quanto l'ho amata quella Schweppes. Solo vederla, mi faceva sentire euforica. Quanto li ho amati i miei amici, anche se non sapevano niente. Anche se non gli avevo detto niente.

Il ginecologo di Roma che mi segue come un padre e come un medico, il dottor S., mi coccola. Mi fa andare da lui a fare una prima ecografia quando gli scrivo che le beta sono cosí alte. Mi dice che molto probabilmente si vedrà solo il sacco vitellino – «almeno potremo vedere se sono uno o due» – e nient'altro. Che è presto. Ma sa da quanto voglio che arrivi questo momento. E mi dice: «Io aspetterei a fare un'eco, ma se vuoi la facciamo».

Facciamola.

Dopo, odierò le ecografie. Adesso, in questo dicembre 2020, le amo.

Questo non è facile da scrivere.

Manca poco a natale, Andrea e io andiamo dal dottor S. È la prima volta, in tutti questi anni, che Andrea viene a fare qualcosa con me che ha a che fare con la nostra *ricerca di un figlio* (mi fa schifo usare questi termini). È pomeriggio tardi. A Prati è già buio. «E se non c'è niente?» ho detto a Giulia, «E se non c'è niente?» dico ad Andrea. Ma ad Andrea che passo il mio tempo su internet a cercare notizie sulla gravidanza non l'ho detto. Le app che ti dicono com'è e cosa fa il feto a tot giorni di gravidanza. I forum che ti dicono tutto quello che può andare male (*tutto quello*, mi viene da ridere a scrivere *tutto quello* perché nessuno contemplerà mai ciò che succederà a me). Ho il terrore di avere una gravidanza extrauterina. Me ne sono convinta. Senza motivo. Dentro di me, c'è la voce magica che mi dice: non è possibile che questa cosa cosí grande, cosí bella, stia succedendo a te.

Giulia mi ha detto: «Rilassati!» Andrea mi dice: «Rilassati!»

Il dottor S. mi fa stendere su quel lettino su cui mi sono stesa un milione di volte per monitorare la mia ovulazione. C'è un'ombra nel mio utero. Lui ride: «È il sacco vitellino». Io dico: «Cosa vuol dire?» Lui dice: «Che è troppo presto per vedere l'embrione. Ma sei incinta. C'è un solo sacco vitellino. Non sono gemelli. È uno solo». Io dico: «Va tutto bene?» Lui ride di nuovo, mi fa rivestire, dice: «Sei incintissima, Antonella. Non aver paura. Sei incintissima. E ricordati che la gravidanza non è una malattia».

Sei incintissima.

La gravidanza non è una malattia.

Quante volte ripenserò a queste frasi. Ma ora non è il momento di pensare. Ora è il momento in cui Andrea mi stringe la mano. Io non ci posso credere che è vero.

Ce ne andiamo a casa con questa ecografia con un'ombra piú scura: il sacco vitellino. Dentro quell'ombra, sono convinta, c'è tutto ciò che ci succederà d'ora in poi. È troppo grande da capire davvero mentre lo vivi.

Pochi giorni dopo, quando devo prendere degli appunti di lavoro durante una telefonata, li scrivo sul retro della busta che contiene questa ecografia, perché è il primo foglio che trovo. Quando me ne accorgo lo dico ad Andrea, ridendo. Penso a tutti i genitori che conservano con sacralità qualsiasi cosa attenga alla loro gravidanza. Anche io, nei mesi, conserverò tutto. Ma poter scrivere dietro la busta con la mia prima ecografia mi fa sentire madre per davvero. È cosí dolce. Lo dico ad Andrea, rido, lui ride. Poi se ne va sul set. Prima che vada io gli dico: «Sei contento o sei preoccupato?» Ma se Andrea fosse un personaggio di fantasia, non sarebbe nel suo personaggio un abbraccio con gli occhi lucidi. Non so cosa prova. Credo sia confuso. Credo che in questo momento stia allontanando il pensiero, perché è troppo presto. Perché può succedere ancora di tutto. Se lo fa perché il pensiero lo renderebbe troppo felice o troppo terrorizzato non lo so. Propendo per la seconda. Ma non me ne frega un cazzo. Io, sono, incinta. Incintissima.

«È uno! È uno! È uno!» grido al telefono a Giulia. Lei ride, «Evviva», dice, «sei incinta, sei incinta».

«È la prima volta nella mia vita», dico ad Andrea, «che sono felice che un test sia positivo. Le altre due volte che è successo sapevo che avrei dovuto abortire. Quel positivo è stato orribile. Irraccontabile. È la prima volta che sono felice». Glielo dico e mi trema la voce ma, se Andrea fosse il personaggio di un romanzo, non sarebbe nel suo personaggio abbracciarmi ora, e commuoversi.

Le donne che non riescono a rimanere incinte. Quelle povere donne. Mie amiche, parenti, o le donne dei forum. Le guardo dall'alto in basso. Non mi sento fortunata. Mi sento superiore. Io, sono migliore. Nessuno sa che sono incinta. Dispenso consigli a chi non ci riesce come una regina dispensa le briciole ai sudditi.

Quando torniamo a casa, chiedo ad Andrea di riguardare insieme *La storia infinita*. Da bambina lo amavo. Non lo vedo da decenni.

Passo metà del film a cercare di non commuovermi. E non perché sono incinta (nemmeno questo mi succederà, la cosa che succede alle altre donne incinte di avere la lacrima facile, di commuoversi a guardare i bambini; io non sono mai stata un'amante dei bambini, e non lo sarò nemmeno adesso). È un film crudele, struggente, pieno di fantasia. Forse oggi ancora piú bello di decenni fa.

Mi colpisce la frase di Bastian, il bambino protagonista, subito prima del finale.

«Perché è cosí buio?» chiede Bastian all'Imperatrice subito dopo aver salvato Fantàsia, quando è tutto cosí buio e galattico che sembra che i nostri eroi abbiano perso.

«All'inizio è sempre buio», risponde l'Imperatrice.

Ti amo ancora *Storia infinita*. Questo buio che è l'inizio, mi sembra che parli di me.

Chiedo subito alla casa editrice se c'è ancora tempo, prima che andiamo in stampa, per inserire un'altra frase di questo film che amo tra le citazioni del romanzo.

C'è tempo. La mettiamo. «Ma io devo restare con i piedi per terra!» urla Bastian tra le lacrime ma in realtà non vuole, e nemmeno la mia protagonista, e nemmeno io.

È in questo mondo tutto buio da cui inizia tutto per me, che il romanzo va in stampa. È un buio caldissimo.

Il 14 gennaio uscirà. E io e chi ho dentro siamo davvero tutti (non so ancora che siamo *tutte*) qui. Nell'attesa di questo romanzo che sta per arrivare.

Quanto l'ho desiderato. Quanto ci ho lavorato. Per tutti questi anni, in ogni condizione, quando stavo morendo di ansia ed ero triste e quando stavo morendo di gioia e la mia testa mi trascinava altrove ma io dovevo rimanere lí. Volevo rimanere lí.

Quando ci provavo naturalmente, con Giulia facevo i conti: «Se rimango incinta adesso e poi il romanzo esce il mese tot, come farò?» E, dopo, quando avevo iniziato la Pma, la procreazione medicalmente assistita, «se va in porto e nasce il mese tot, col libro come farò?» Giulia rispondeva ai milioni di messaggi paranoici che le mandavo dal parrucchiere cinese di piazza Vittorio, non so perché appena entravo lí la mia testa si metteva a fare i conti (da quel parrucchiere non ci vado piú). Ho queste immagini precise: è sera, io sono seduta sulla sedia del parrucchiere, mi sta asciugando i capelli il ragazzo ossigenato che è molto bravo a fare la piega o quello alto, massiccio, che si scoccia in fretta e me la fa in due minuti, mentre tutto intorno c'è odore di cibo cinese perché chi lavora qui non smette mai di lavorare, nemmeno a pranzo o cena, e il parrucchiere è aperto sempre, anche la domenica, fino alle ventuno.

Giulia rispondeva: «Non puoi fare i conti adesso. Vedrai che quando succederà, troverai il modo. Stai tranquilla». Ma io non stavo mai tranquilla. Io, che non ho la piú pallida idea di cosa sia la matematica, facevo conti su conti su conti. Inutili conti su conti se ci penso ora, quando so che ci ho messo anni per rimanere incinta. Inutili conti su conti su conti perché poi, qualunque conto io abbia fatto prima, quando è successo è successo tutto insieme. Una palla di fuoco sparata a mille milioni di chilometri orari da un pianeta lontanissimo fin dentro di me, fatta di pagine di romanzo e figli. Una meravigliosa palla di fuoco. Che avrebbe creato e distrutto tutto. Una terribile palla di fuoco bellissima.

(E poi però, man mano che l'uscita si avvicina, mentre le beta sono esplosive, mentre passo le giornate sola a casa – Andrea è sul set, sul set, sul set –, annego nel pensiero costante che sto tradendo la casa editrice *poiché* sono incinta. Il pensiero che loro lavorano con me per questo romanzo da anni, che si fidano di me, e io non gli ho detto che sono incinta. Il pensiero che se sono incinta allora tradisco chi ha fiducia in me, nella mia serietà come lavoratrice. Perché da questo momento non si può dividere, mai piú, quello che sto provando per la gravidanza e quello che sto provando per il romanzo. Quello che sta succedendo al romanzo e quello che sta succedendo alla gravidanza. Faccio incubi sulla gravidanza. Incubi in cui dalla casa editrice mi dicono: ci hai tradita. Faccio incubi e non ne parlo con Andrea. Ne parlo con Giulia. Ne parlo con Bianca, un'altra amica a cui, alla fine, l'ho detto. Perché Bianca basta che dica una parola, e io ci credo. Bianca cerca di tranquillizzarmi, dice: «Se fossero stati due va bene, avresti avuto il diritto di essere preoccupata. Ma è uno. E un figlio appena nato te lo puoi portare dappertutto, puoi fare tutto il tour di presentazioni insieme a lui». «Senza una tata?» rispondo. «Senza un familiare che mi accompagna? Senza una babysitter?» Non ho soldi soldi soldi per essere la donna ambiziosa che sono e anche una madre. L'ho sempre saputo. Bianca cerca di tranquillizzarmi, dice: «Poi vedrai che quando sarai lí, le soluzioni si troveranno». Ma quali soluzioni? Io faccio incubi su incubi, sono scissa, sono due persone che combattono. Penso che questo figlio lo voglio piú di tutto. Poi penso che ad agosto nascerà e che dovrò fare la promozione del romanzo incinta. Che nessuno mi farà mai piú lavorare come adesso).

Non mi fa bene scrivere questo libro.

Mi fa tornare in mente tutto ciò che ho voluto tenere fuori dalla mia testa in questi ultimi mesi; nella parte di me divisa dal mondo da una diga.

Oggi, 4 novembre 2021, per la prima volta dopo quasi un anno, ho fatto un grave errore. Ho usato uno stick di ovulazione – lo stick che misura i livelli di Lh nelle urine, e quindi dovrebbe aiutare a capire il picco di ovulazione per scegliere rapporti mirati per rimanere incinta – in modo improprio. Tra le leggende di internet, c'è quella che se lo stick di ovulazione è positivo quando hai un ritardo nelle mestruazioni, è perché sei incinta. Ho un ritardo (di un giorno, e non sono neanche regolare). Non ho test di gravidanza in casa. Ho solo quelli di ovulazione. Lo faccio. Viene positivo. Mi convinco che sono incinta. Che ci sono riuscita in modo naturale (dopo anni di insuccessi), grazie al pensiero magico per il quale quando non hai piú alcuna speranza di rimanere incinta naturalmente, è il momento in cui rimani incinta naturalmente.

Il test dell'ovulazione viene positivo e io invento una scusa e schizzo in farmacia – una farmacia dove non mi conoscono, lontana da casa – per comprare un test Clearblue. Uno di quelli super tecnologici, che rilevano la gravidanza da 6 giorni prima il primo giorno di ritardo. Uno di quelli con affidabilità al 99 percento, con il display digitale su cui appare il risultato. Lo faccio di corsa nel bagno di un bar. Sbaglio. Lo stick dà errore.

Il segnale di errore è un libricino aperto (giuro). Vado a un pranzo di lavoro. Non ci capisco piú niente, sono convinta di essere incinta. Il pranzo di lavoro finisce e torno a casa. Compro un altro test per strada. Mi chiudo in bagno. Non ho il coraggio di mostrare questo stupido lato di me ad Andrea. Il test ci mette una vita a dare il risultato. NON INCINTA scritto gigante appare dopo quella che a me sembra un'ora. Non l'avevo piú fatto, finché non ho cominciato a scrivere questo libro. Questo libro mi fa male.

Non so se riesco a spiegarmi. L'unica immagine che mi viene in mente è un cavallo da corsa che aspetta alle linee di partenza, scalpitando per iniziare a correre. Io, negli ultimi mesi da che è successo tutto, sono qui, dietro le linee di partenza. Non c'è un giorno, non c'è un'ora, in cui io non pensi a questo. Un figlio.

Sto qui, ferma alle linee di partenza, aspettando il momento.

Da quando ho iniziato a scrivere questo libro, invece, alle linee di partenza si sono abbassate le sbarre e io sto correndo. Sento il vento nella criniera e il terreno sotto le zampe e anche se non so verso cosa sto correndo, corro come una pazza, come un'indemoniata, sto correndo, di nuovo, come un anno fa, come due anni fa, ho in mente solo la fine di questa corsa, e non mi fermo piú. Per questo, oggi, ho fatto l'ennesimo test di gravidanza. Senza alcun senso. Non ne facevo da dicembre scorso – quasi un anno. Oggi ne ho fatti tre, per la precisione. Ossessivo-compulsivamente. Come se il risultato potesse cambiare.

È passato un giorno da quando ho scritto di aver fatto i test. Mi sono venute le mestruazioni. Questo libro agisce su di me.

Non ho piú avuto le mestruazioni da aprile 2021 fino all'8 ottobre 2021. Tutta questa storia è una storia di sangue. Il 7 ottobre inizio a scrivere questo libro. L'8 ottobre le mestruazioni tornano dopo sette mesi.

Lo giuro. Non sto inventando nulla. Devo essere sincera. Questo libro agisce, bene, male, su di me.

Il 23 dicembre torno dal dottor S. Sono a 6 settimane + 2. Ho imparato un sacco di cose fino a questo momento. Tra cui come datare una gravidanza (che non è un conto facile, soprattutto per me). E che in una gravidanza non è come nella vita reale, che si può dire «una decina di giorni», oppure «due mesi». Va detto tutto in modo preciso. Devi essere precisa non solo con le settimane (non si dice mai un mese e mezzo, per esempio, ma 6 settimane), anche con i giorni. Sono a 6 settimane + 2. Oggi, oltre il sacco vitellino, si dovrebbe vedere anche l'embrione. Se, c'è l'embrione. Se non è una gravidanza extrauterina. Se non è morto; dato che i primi tre mesi sono quelli in cui ci sono le piú alte probabilità che possa succedere (io, chiaramente, cerco di convincermi del peggio, però in fondo in fondo sono sicura che sarà tutto meraviglioso).

Intanto, poco dopo il transfer, quando ancora eravamo nelle due settimane di sospensione in cui non si sapeva se fossi incinta o meno, io e Andrea abbiamo comprato per la prima volta nella storia un albero di natale. Io non ne ho mai comprati, né prima di lui né con lui. Né ho mai messo gli addobbi di natale nelle case in cui ho vissuto. Non so se lui l'abbia mai fatto, prima di me. Insieme, però, non ci abbiamo mai pensato: per tutti i sei anni da che conviviamo. Quello che abbiamo comprato è un albero piccolo, basso, spelacchiato, con pochi addobbi – delle palle di natale che, a una a una, si romperanno quasi tutte perché ci inciamperemo di continuo dato che è cosí piccolo e basso, e noi rideremo – e una bruttissima ballerina storta sul pennacchio (l'ho scelta io, ho sempre voluto fare la ballerina). Non è stata una decisione consapevole. Non abbiamo pensato ah, che bello, abbiamo fatto il transfer, speriamo di essere incinti e adesso facciamo un albero di natale. Un sabato pomeriggio di dicembre, io e Andrea stiamo tornando a casa. Lui mi dice: «E se prendessimo un albero di natale?» Oppure lo dico io. Davanti alla basilica di Santa Maria Maggiore – lo scopro solo in questo momento – c'è un negozio pieno di addobbi di natale orribili. Ci aggiriamo tra gli scaffali mostrandoci a vicenda le chincaglierie piú brutte che vediamo. Compriamo quelle. Io insisto per questo orribile addobbo del nostro minialbero con questa ballerina pendula, bruttissima. Scatteremo foto di quel minialbero di natale, una volta a casa, una volta che l'avremo addobbato, e le manderemo agli amici, che rideranno molto. Io insisterò per mettere le canzoni di natale piú stucchevoli e banali mentre addobbiamo l'albero. Se una cosa va fatta, va fatta fino in fondo. A un certo punto Andrea dice: «Vabbè, basta, abbiamo dato con lo spirito natalizio, togli 'ste canzoni ti prego». E io gli ballo intorno e canto *Last Christmas* e lui mi dice «ma perché sei cosí deficiente», e sorride.

È proprio natale. Forse per la prima volta nella mia vita, è natale con dolcezza. Sarà il coprifuoco, l'impossibilità di spostarsi non solo fuori dalla tua regione ma anche dal tuo comune, sarà che non posso dar da mangiare in alcun modo a questa voglia di avventura e rischio che mi divora sempre (nei natali precedenti ho costretto Andrea a viaggi al caldo dall'altra parte del mondo, splendidi per me, faticosi per lui), sarà che anche volendo non potrei partire per il Messico, anche volendo non potrei andare a Bari a trovare i miei, sarà che anche volendo non posso organizzare niente. Sarà che sono felice e speranzosa per questa cosa – non voglio chiamarla in nessun altro modo – che può accadere. Ma io quest'anno mi pacifico per la prima e unica volta in vita mia con tutti i riti che hanno a che fare con le feste natalizie. Non lo penso consapevolmente. Sono qui, proprio qui, e da nessun'altra parte, io che sono sempre altrove. Che non mi accontento mai. Che – come una bambina di cinque anni, mi dice sempre Andrea (ma io non sono d'accordo) – vorrei sempre un'altra avventura, e un'altra, e un'altra ancora. Sarà che questa è la mia avventura.

Il 23 dicembre è natale dappertutto. Il lavoro per il lancio del romanzo continua. Oggi, un anno dopo, riguardo quei messaggi, quelle mail – io che scrivo «Che sia il *nostro* anno» (e lo penso per il libro, e lo penso per tutto il resto su cui devo tacere, su cui ho deciso di tacere) –, li riguardo perché devo, perché ho deciso di scrivere questo libro. Se non avessi preso questa decisione, non li avrei mai piú riguardati. Ma non si può scrivere un libro risparmiandosi. Si spera di poterlo scrivere non avendo pietà di nessuno, neanche di sé.

Il 23 dicembre è natale dappertutto, le mail e i messaggi di lavoro di quei giorni sono emozionati, euforici, pieni di idee. Io sono scissa tra il romanzo e questa cosa che mi sta succedendo ma non sono davvero scissa. Forse, per la prima volta, sono mescolata. Rispondo alle mail e ai messaggi e poi vado dal dottor S.

Prati è sommersa dalle luminarie, brillano. Andrea guida per le strade di Roma, fino allo studio del dottor S., e io vorrei tanto capire cosa pensa, cosa sente. Se glielo chiedo però bofonchia qualcosa che mi fa sempre aver paura. Se non lo sapessi non direi mai che sta andando a fare l'ecografia piú importante della sua vita – o almeno, insomma, un'ecografia che può cambiare tutta la sua vita. Sto zitta, e un lato di me ha terrore che quello che ha sempre pensato – Andrea sarà un padre molto migliore di come io saprò essere madre – non sia vero (io sarò un disastro di madre, e lui non vuole essere padre, l'ho costretto), e a un altro lato di me non gliene frega un cazzo di niente. Di nient'altro se non quello che sta succedendo ora. Adesso, un anno dopo, a scriverlo, mi batte forte il cuore. Sono di nuovo lí.

Oggi è il 24 novembre 2021. Un anno fa ero a Y. per il transfer. Non scrivo dal 6 novembre. Non ce la faccio. Ho cercato lavori frustranti e mal pagati pur di dirmi: non ho tempo per mettermi con la testa su questo libro. Oggi non posso inventarmi piú niente. Ho meno da lavorare, sono sola a casa tutto il giorno. Stamattina mi sono detta: è il momento giusto per tornare a scrivere. Non mi sono nemmeno accorta che oggi è un anno da quando tutto è cominciato dentro di me. Sono le quattro di pomeriggio. Dalle undici finora, non ho fatto nulla. Non ho lavorato ad altre cose, non ho fatto una telefonata, non ho mangiato, non ho letto un libro, non ho fatto una passeggiata, non ho visto un amico. Non ho fatto nulla. Ho cercato il coraggio di ricominciare a scrivere. Ho fumato sempre.

Questo libro è un'immersione. Nel nero piú cupo che ho mai provato in vita mia, ma anche in un tempo cosí bello, cosí incredibilmente bello dato tutto quello che mi pendeva sulla testa, cosí stupidamente bello dato tutto quello che sapevo sarebbe potuto succedere, che fa piú male scrivere del bene che del male. Ma è un'immersione pure in un tempo di speranza. Ricordarsi che c'è stato. Io però non so se voglio ricordarmi che c'è stato.

Mi sto costringendo a scrivere, oggi. Se un giorno riuscirò a finire di scrivere questo libro, ritornerò qui, a questa pagina, e dirò: tu, hai avuto il coraggio.

Ci vuole sempre coraggio per scrivere un libro. Ci vuole coraggio per cosí tante cose. Per scrivere un libro, ti devi fidare. Come può scrivere ancora chi non si fida piú?

Non c'è nessuno nello studio del dottor S. Solo Cinzia, la sua segretaria con cui ormai sono diventata amica, e il dottor S. che ci spalanca un sorriso e fa: «Entrate». Fuori è buio. Un buio serale prenatalizio, e finalmente è prenatalizio anche per me. Brillano le luminarie dappertutto.

«Stai tranquilla, Antonella», mi dice il dottor S. Il dottor S. ha questa voce cosí rassicurante. Sembra sempre che mi capisca molto piú di Andrea.

Andrea si siede davanti alla sua scrivania. Io mi spoglio e vado nel vano dell'ecografo. Il dottor S. chiama Andrea: «Vieni. Guarda anche tu».

Andrea sembra alzarsi di malavoglia, sta scrivendo qualcosa sul cellulare, sembra che di malavoglia si metta seduto accanto a me, alla mia destra. Io stesa sul lettino, a gambe aperte. Il dottor S. dall'altra parte, a sinistra, con l'ecografo. «Si dovrebbe vedere, ora. Forse anche il battito. Ma sentiamolo giusto un secondo», dice il dottor S., «perché adesso è presto».

Stiamo lí nel natale, nella sera, nell'ora dell'aperitivo, nel buio fuori e in questa luce soffusa dentro.

Il dottor S. spinge la sonda dentro di me. Io guardo il monitor. Il dottor S. ripete ad Andrea: «Guarda anche tu».

Guardiamo il monitor e qualcosa lí dentro c'è, anche se io non posso sapere cosa, e nemmeno Andrea può. La faccia del dottor S. si rabbuia. «Sono due», dice.

Che cosa?

Tutta la gioia si schianta contro quello schermo. Due gemelli – in clinica mi hanno detto qualsiasi cosa contro la gravidanza gemellare. Due gemelli – io non sono pronta, io non posso avere due gemelli, io devo lavorare, come farò col mio lavoro? Come farò con la mia vita? Giulia e Bianca hanno detto che con uno si può ancora lavorare, si può ancora promuovere il libro, ma con due? Anche secondo loro con due non è possibile. Sono un'egoista e sono una madre degenere. Non sono felice, neanche un attimo (leggerò dappertutto di donne felicissime, estasiate, per gravidanze gemellari; io no; leggerò dappertutto di madri che «non me l'aspettavo, ma sono al settimo cielo»). Sono una madre degenere, e forse non sono nemmeno una madre. Ho ereditato il gene della non-maternità. Non gioisco neanche un attimo.

Succede qualcosa alla mia destra – dove sta seduto Andrea, che io non vedo perché sto guardando dall'altra parte, verso il monitor. Succede perché il dottor S. gli dice: «Tutto bene, giovanotto?»

Io mi giro verso Andrea e non ricordo, oggi non ricordo come lo vedo. Che faccia ha. Ricordo solo la domanda del dottor S. e Andrea che dice: «Come, due?»

Avevamo detto che era una sola camera gestazionale, che c'era un solo embrione. Scoprirò soltanto dopo quali sono i timori del dottor S. Che però subito dice: «Adesso sentiamo un attimo il battito».

Giusto un secondo.

Prima un battito. Poi l'altro. C'è questa linea del cuore come le intercettazioni telefoniche dei crimini che guardo di continuo in tv. Soltanto un attimo. Prima un cuore. Poi l'altro. Sono due.

Quel battito.

Io l'ho sentito già due volte, nelle ecografie dei bambini che non ho voluto, che ho abortito. Quando l'ho sentito in quelle situazioni, erano un estremo tentativo del ginecologo per convincermi a non abortire. Non era giusto che lui lo facesse, lo so. Ma è passato il tempo, e io non ho voluto piú pensarci. Questa volta, questi battiti. Se oggi, mentre scrivo, penso a questi battiti, mi viene da lasciare questo libro e non scrivere niente, mai piú. Il battito. Come se fosse un messaggio di E.T.

Ci alziamo dal lettino sconvolti, io penso che non è giusto, che doveva essere un momento bello, questo, la prima volta che sento il battito di un bambino che posso tenere (sii sincera; va bene: che voglio tenere), e invece non lo è. Non li voglio, due gemelli. La mia vita è finita, con due gemelli. Il cielo era di un nero-blu dolcissimo e adesso è solo buio.

Usciamo dalla stanza del dottor S. sconvolti. Io guardo Andrea ma non vedo cosa pensa. Il dottor S. dice a Cinzia, la sua segretaria: «Sono due!» Lei mi guarda, non sa cosa dire. Andrea va in bagno. «Starà scappando dalla finestra», dice il dottor S., e per la prima volta ride. Rido anch'io, ma sono nera.

Non sa il dottor S., non so io, cosa succederà tra pochi minuti.

«Ci rivediamo tra una settimana, Antonella», mi dice. «Forza, va bene anche con due». Poi si fa serio: «Non è detto che arrivino entrambi al terzo mese, è molto difficile che sopravvivano entrambi».

Pensa di darmi una brutta notizia ma io sono una madre di merda perché penso: speriamo che ne sopravviva solo uno. Io sono la madre piú di merda che c'è.

Usciamo da lí con la nostra ecografia di due gemelli, mi sembra che il mondo sia cambiato da quando siamo entrati. È *storto*. È sbagliato. Entriamo in macchina zitti. Io penso tutte le cose piú brutte del mondo. «Come facciamo?» dico ad Andrea. Penso che stia perfino peggio di me. Lui si gira, mi guarda e dice: «È bellissimo che sono due. Ce la facciamo. Ci trasferiamo in una casa piú grande. Usiamo tutti i soldi che abbiamo per aiutarci a gestire due bambini. Vedrai che sarà bello. I nostri Gianni e Pinotto. Speriamo solo che assomiglino a me». E ride.

E di colpo questo cielo si fa splendente per davvero, e la strada del ritorno è tutta un'euforia, se Andrea dice che ce la possiamo fare, allora ce la possiamo fare, sarà bellissimo, ha ragione lui. Arriviamo a casa che camminiamo sospesi da terra, io sarei morta e lui invece mi ha mostrato una strada, mi ha dato il coraggio, mi ha dato la gioia. Tutto il contrario di quello che mi aspettavo da lui.

Compro dei vestiti per natale perché sono felice (e mentre li provo penso: mondo! tu non sai che io, sono, una, madre!), torniamo a casa e chiamo Giulia e dico ridendo: «Sono due!» Lei ride isterica, ha paura che io stia per scoppiare a piangere, invece sono felice, Andrea ha detto che ce la faremo e ce la faremo per davvero. Giulia comincia a dire che due sono meglio di uno, crescono insieme, si aiutano a vicenda. Mi elenca tutte le persone che conosce che hanno dei gemelli. Non si potrebbe fare, è troppo presto, ma Roberto, il compagno di Giulia, scrive ad Andrea: «Cazzo che notiziona!», pieno di emoticon, e Andrea ride, e io pure rido e siamo pazzi. Quante volte saremo pazzi in questa storia.

A casa è arrivato un pacco natalizio: è di mia madre. Dentro ci sono dei maglioni e una collana che mi piacciono molto (quei maglioni devo metterli anche quest'anno, un anno dopo). Telefono a mia madre, ringrazio, dico: «Che regali stupendi!» Lei è felice, non sa niente di ciò che mi succede ma io sono felice e lei è felice e noi, che fatichiamo a dirci le cose fino in fondo, oggi comunichiamo senza parole ma solo con la gioia. Mamma, penso, non vedo l'ora di dirti che sarai nonna.

È la sera piú dolce che ricordo. È la sera in cui Andrea diventa padre.

Adesso, per la prima volta: siamo in quattro.

Oggi, un anno dopo, scrivo questo libro. Chiedo ad Andrea: qual è il momento piú bello che ricordi della nostra gravidanza (non dico *gravidanza*, figurati, non diremo mai queste parole; anche oggi quando ne parlo dico «quella storia», «quella cosa», «quei mesi», non dico mai gravidanza, madre, padre, figli, incinta, niente di niente; non posso; ma per un libro ci vogliono le parole giuste e, per la prima volta, devo avere il coraggio di usarle)? Lui bofonchia, dice: «Quando abbiamo scoperto che erano due».

Il momento piú brutto (quello che sembrava il momento piú brutto) è stato in realtà il momento piú bello. Eravamo drogati da questi due gemelli. Non è merito mio. Io, senza il coraggio di Andrea, avrei continuato a disperarmi pensando che erano due. È stato il suo coraggio. È stato lui a farmi diventare madre.

Qualche giorno dopo vado a fare le foto per il romanzo in uscita. Un nostro amico molto bravo mi porta in un hotel nel cuore di Roma per il servizio. Tutte le foto che appariranno su internet e sui giornali per il mio nuovo libro le ho fatte con quelli che credevo due gemelli nella pancia. Penso: sarò gonfia? Sarò brutta? È un bel po' che vomito ogni due secondi. Il mio amico mi fa divertire mentre scattiamo le foto, mi aiuta a sentirmi a mio agio. È una mattina splendida, con questo libro che sta per uscire e questo segreto dentro. Ricordo quando ho scattato le foto per il mio libro precedente. Era un periodo molto brutto, per me. Non c'entrava il libro, non c'entravano nemmeno i figli, c'entravo solo io. Si vede anche dalle foto. E invece questa volta sono elettrizzata tutto il tempo.

Mentre faccio le foto, mentre rispondo alle prime interviste, mentre la casa editrice mi manda le prime bozze della campagna social, mentre cominciamo ad avere i primi responsi dalla gente che abbiamo selezionato perché leggesse in anteprima – giornalisti, scrittori, amici fidati –, mentre ci sentiamo ogni momento; mentre tutto questo accade, sono incinta. Mi sento forte, carica per l'uscita, non sto nella pelle. Giulia aveva ragione: andrà tutto bene, il libro e la gravidanza. Due cuori battono dentro di me; oltre un terzo, che è il mio. In quelle foto c'è tutto il mio sentimento di quei giorni, di quei mesi. Se le guardassi bene, capiresti tutto (oggi, quelle foto si animano e diventano un fantasma che mi sorride sprezzante: quello che un giorno sei stata, e non sei piú).

Da quel 23 dicembre, abbiamo cominciato a chiamarli Gianni e Pinotto. Non nomi dolci, nomignoli, epiteti affettuosi. Gianni e Pinotto, come li ha chiamati Andrea quando li ha conosciuti. Non sappiamo ancora che avremo cosí poco tempo per chiamarli cosí.

Tu hai un sacco di segreti, e io nessuno, dice una canzone che mi piace molto.

Una volta un mio fidanzato mi ha detto: «Questa frase mi fa sempre pensare a te».

Se Andrea fosse come quel mio fidanzato, forse me lo direbbe anche lui. Ma lui non è tipo da frasi cosí lunghe.

Il 23 dicembre scrivo sulla chat che ho con Ada e Bianca: «Sono due!» E loro esultano e dicono che sarà bellissimo. «Anzi, ti togli il pensiero: ne fai due e sei a posto per sempre». Ridiamo molto e io non sono in contatto con la terra.

A natale siamo a casa di Giulia. Cantiamo, balliamo, e io ho di nuovo paura di non farcela a essere una madre. Mangio le ostriche. Bevo il vino. Andrea si ferisce aprendo l'ostrica. Panico, poi tutto torna sereno. Cerco di tornare serena pure io. E forse lo sono, prima di dormire. Mi metto la mano sulla pancia mentre dormo sul divano (mi sembra di essere piú protetta, se dormo da sola) con loro due. Il futuro è impensabile. Non so da che parte iniziare per dipingermelo. Quella notte, e sempre, a sprazzi è stupendo come una favola, piú di una favola. A sprazzi è troppo sfocato per capire. A sprazzi mi fa troppa paura. Gianni e Pinotto chissà se dormono, se nuotano, che fanno.

I giorni di natale, nonostante siamo chiusi in casa per il covid, nonostante non possiamo uscire dal nostro comune, nonostante i pericoli della gravidanza gemellare (a cui non pensiamo davvero, perché non ci possiamo credere), sono i giorni di natale piú belli che ho passato in vita mia. Riguardiamo *Harry Potter* e tutti i film natalizi, ceniamo e pranziamo con Emilio e Carlo (quelli con cui ad agosto sono andata a Sperlonga), che abitano a due minuti da casa nostra e quindi possiamo vederci di nascosto. Non sanno niente ma io so, e questi gemelli, con loro, sono al sicuro. Siamo tutti dentro questi due bambini che crescono ogni giorno: ci siamo tutti, tutti quelli che mi amano, anche se non sanno che sono incinta sono tutti qui. Imparo per la prima volta nella vita che non c'è bisogno che le persone sappiano per essere di sostegno, conforto, aiuto. E per renderti felice.

Il 28 dicembre vado per la prima volta a fare l'ecografia dalla dottoressa che mi ha seguito nella clinica di Y., nel suo studio di Roma. Non le ho detto che ho già fatto due ecografie col dottor S.

Quando arrivo mi accoglie con un gran sorriso. Poi si rabbuia: «E il padre?», dice, «dov'è». *Il padre.* Fatti i cazzi tuoi. In quel: *e il padre dov'è* c'è un rimprovero. Per questo padre assente che lei non ha mai visto insieme a me. *E il padre? Dov'è il padre?* Il sottotesto è: nemmeno questa volta c'è. In questi mesi, quante volte lei o altri medici hanno smozzicato o smozzicheranno frasi per questo padre che non hanno mai visto. Sono stati bravi: il germe del risentimento l'hanno instillato molto bene anche dentro di me. Un'altra donna che non volevo diventare: la madre che si sente abbandonata dal marito che lavora o che non pensa a suo figlio (o non lo vuole). Quante volte Giulia, Ada e Bianca mi diranno: l'hai mandata affanculo? Lei, o altre persone sgradevoli che incontrerò. L'ho già detto, io non manderò affanculo nessuno.

Mi dice di preparare il video per registrare il battito del cuore *per il papà*. Mi dice «e adesso scopriremo finalmente se sono uno o due». E la vedo chiaramente sogghignare di piacere perché mi pensa preoccupata. Ma io non sono preoccupata, sono preparata. Lo so già che sono due. Faccio finta di niente. Non vedo l'ora di rivederli, Gianni e Pinotto. Non vedo l'ora di ascoltare di nuovo il loro cuore.

Mi spoglio. Tengo con me il telefono, pronta per registrare loro, e il cuore. Mi sdraio sul lettino. Apro le gambe. Lei inserisce la sonda e io tengo il telefono in posizione e lei trasecola. Io sono pronta con il video e lo so già perché sta trasecolando: sono due. Non mi fai paura, stronza, lo so già che una gravidanza gemellare è molto piú difficile, ma sono felice, sono pronta, sono preparata a tutte le cose angoscianti che mi dirai, io ce la farò.

«Non capisco come sia possibile», mi dice, «ma sono tre».

«Ma io ho impiantato solo due embrioni», rispondo, e non ci credo, «come possono essere tre?» So che mi dirà: scusami, mi sono sbagliata. Lo so.

«Sono tre», ripete.

Il video dell'ecografia e del battito non lo farò mai piú.

Siamo pazzi, l'ho già detto, e io di quel giorno ho comunque un ricordo lucente. Quel giorno in cui succede di tutto.

La dottoressa mi racconta che, in qualunque modo sia successo – hanno attecchito tutti e due gli embrioni, e uno di loro si è sdoppiato? (*sdoppiato*? Ma cos'è, un film di alieni?) –, in qualunque modo sia successo, una gravidanza trigemellare, di questo tipo poi, è quasi impossibile da portare a termine. Tre gemelli, non ce la faccio nemmeno a pensarci. Mi illustra tutti gli orrori connessi alla gravidanza trigemellare: sono molto alte le probabilità che non ce la faccia uno di loro, tutti e due, o tutti e tre, o tutti e quattro: anch'io. È troppo pericoloso, mi dice. Le possibilità che anche uno solo sopravviva sono basse, e quella che non sopravviva neanche io plausibile.

Mentre tutto gira intorno e le orecchie fischiano e io penso solo ascolta bene quello che ti sta dicendo, ascolta benissimo perché sarai tu a doverlo riportare ad Andrea, lei chiama nella stanza un altro ginecologo del centro per un consulto. Mi sgridano per aver impiantato due embrioni, me ne dicono di tutti i colori (mi sgrida anche lui, quello che aveva detto se non giochi, non vinci – «L'hai mandato affanculo?» mi diranno le mie amiche. «No»), mi dicono che se credo in dio allora posso provare a tenere i tre bambini («Che cosa ti hanno detto?? Li hai mandati affanculo?» «No»), altrimenti devo pensare a una *riduzione*.

Riduzione vuol dire che, insomma, non so come scriverlo, non so come dirlo nella mia testa: riduzione vuol dire che dei tre feti ne – uccideremo? elimineremo? come posso dire? quali sono le parole che posso usare? quali sono le parole che so usare? quali sono le parole che voglio usare in questo libro, nella mia scrittura? – uno. Scopro e scoprirò sempre di piú che in campo medico si usano eufemismi (io che pensavo che la medicina usasse un linguaggio preciso; la lingua che io preferisco in assoluto – la lingua che non addolcisce niente – anche nei romanzi; la lingua che non addolcisce niente, io che nella vita nascondo e mento e addolcisco tutto). Devo fare una *riduzione*, dunque. A meno che io non mi affidi a dio, non ho scelta. Purtroppo, io, dio non ce l'ho. Mia madre sí. Ma mia madre non sa niente. Non saprà mai niente. Se non mi affido a dio, la medicina dice che la riduzione è l'unica scelta. E anche con quella, le probabilità che questa gravidanza arrivi al termine sono pochissime. Mi dicono che per questa *riduzione* devo andare a Milano. Mi sgridano: «Anche per noi questo è un problema, i responsabili del centro di Y. non saranno contenti, come glielo spieghiamo?» («Che cosa? Ma li hai mandati affanculo?» «No»), e poi mi dicono che non ne vogliono piú sapere di questa gravidanza, che possono mettermi in contatto con un medico gemellare ma nient'altro, loro su questa gravidanza non possono fare piú nulla. Io ascolto e ascolto e cerco di ricordare tutto quello che devo dire ad Andrea e al dottor S. e stringo le ecografie dei miei tre figli gemelli tra le mani e ascolto e mi dico sii cosciente, non svenire, non perdere la testa, stai attenta a tutto quello che ti dicono. Ascolto mentre mi dipingono l'orrore e mentre mi sgridano e non dico niente e poi chiedo soltanto: «Ma stanno bene?» «Sí, stanno bene, tutti e tre».

E prima di mandarmi via evidentemente devo essere cosí pallida che hanno paura che io svenga. Ma non mi accompagnano da nessuna parte, non mi fanno sedere, mi chiedono solo: come sei venuta? In motorino? In macchina? Perché sei pallida ed è meglio che non guidi. Io chiaramente il motorino dato che sono incinta non lo prendo piú. Sono venuta in taxi.

Nessun bisogno di aiuto, dico, me ne vado. In taxi mi arriva un messaggio tutto felice di Andrea: «Allora? Che faccia ha fatto la gine?» Io scrivo: «Non hai capito, sono tre».

Ma che è una tragedia non ci credo veramente, nonostante tutto quello che mi ha spiegato la ginecologa – le emorragie, le morti in utero, la morte mia –, che è una tragedia non ci credo veramente, non ci crederò mai, non ci crederà mai nemmeno Andrea fino alla fine di questa parte della storia. Faremo di tutto per loro tre. Faremo tutto quello che ci dicono di fare. Ma in fondo nessuno di noi crede davvero che possa andare male. Forse perché nessuno crede mai davvero di essere nell'occhio del ciclone. Forse perché siamo i genitori, e non ci possiamo credere. E io sono la madre.

Arrivo a casa e Andrea è sgomento. Scrivo al dottor S. un messaggio lunghissimo, gli dico di Milano, del centro gemellare, e della riduzione, e che ho paura, e gli chiedo cosa devo fare. Poi, in un altro messaggio esattamente un minuto dopo, gli scrivo: «Stanno bene. Tutti e tre». Fino a due mesi fa, non avevo nessuno dentro di me. Adesso ne ho tre. Voglio solo che stiano bene. Scorrendo il cellulare, un'ora e mezzo dopo ho una chiamata vocale del dottor S. Ma a quella chiamata non posso rispondere, perché intanto ci si mette un'altra volta il destino.

Mentre io e Andrea stiamo a casa – il coprifuoco, il covid, le vacanze di natale, i primi promo per i social che la casa editrice mette online, e i like, e io sono eccitata per quel libro, e poi sono disperata, e poi sono felice per questi bambini, chiunque siano, quanti siano –, mentre ci guardiamo e io cerco di spiegargli tutto quello che mi ha detto la ginecologa del centro (penso che stiamo provando la stessa sensazione: la mente non riesce a capire davvero quello che sta succedendo), mi arriva una telefonata di un mio amico a cui voglio molto bene (mi rendo conto, mentre scrivo, che ho amici a cui voglio davvero molto bene).

Si chiama Marco. Ha passato il natale coi genitori. È tornato a casa e si sentiva *strano*. Poi gli è venuta la febbre. Ha fatto un tampone rapido. È positivo.

Quante possibilità ci sono che nella vita di una persona si mescolino e si sovrappongano eventi straordinari, tutti insieme, e tutti connessi uno con l'altro? Lo zero virgola qualcosa di possibilità, ma questa è tutta una storia di zero virgola qualcosa di possibilità di cose che ti dici la probabilità è troppo bassa, è impossibile che accada e poi lo zero virgola qualcosa sbaraglia il novantanove virgola qualcosa e vince. Sempre.

Quando Marco mi chiama, io ho ancora le ecografie dei tre gemelli in mano. Sto cercando di spiegare tutto ad Andrea. Rispondo al telefono, Marco mi dice: «Ho il covid». Io precipito nel buio, perché è l'epoca in cui il covid è molto pericoloso, in cui le terapie intensive sono dietro l'angolo, perché Marco è appena stato a casa dei suoi genitori anziani, e mi ripete, «li ho ammazzati», perché lo immagino solo in casa – vive solo – a distruggersi di paura, di senso di colpa e di dolore.

E poi c'è un'altra cosa.

Io, che sono una madre degenere, due giorni fa ho fatto un aperitivo con Marco. Eravamo a casa sua (al chiuso), con le finestre chiuse. E lui, siccome ho sempre freddo, aveva acceso il camino per me. Abbiamo mangiato dallo stesso pacco di patatine. Va bene. Sono pazza. Ma ormai è successo. (Mi viene voglia di cancellare quello che ho scritto – la verità – e lasciare solo un generico: ho visto Marco; senza esplicitare quanto sono stata scellerata, ma ho promesso di essere sincera). Chiudo la telefonata e dico ad Andrea: «Marco ha il covid». Io non posso avere il covid. Non posso averlo perché sono incinta.

Non posso neanche stare in quarantena. Devo vedere uno specialista gemellare. Devo capire come fare («subito, subito, prima di subito!» mi ha gridato la ginecologa del centro), con tutto quello che mi sta accadendo. Non posso avere il covid. Sono incinta.

Taxi. Notte di Roma. Abbiamo trovato un laboratorio privato dove fanno i tamponi anche di sera tardi. È adesso che mi chiama il dottor S., ma non posso rispondere perché sto andando a farmi il tampone. Io e Andrea, in taxi, mano nella mano. Come posso spiegare che ora questo ricordo è dolce? Certo, siamo terrorizzati da tutto quello che succede. Ma, visto che è troppo, siamo coraggiosi. Una volta ho letto che il coraggio ti viene quando non puoi piú pensare. Il vero eroe non sta pensando: agisce. Forse siamo piombati in questa fase. Saremo coraggiosissimi, fino alla fine di una parte di questa storia. Mi ricordo noi due che filiamo in taxi, mano nella mano, e non scivola solo Roma ai nostri fianchi ma anche tutte le paure – la gravidanza trigemellare, il covid –, scivola tutto e l'unico pensiero vero che abbiamo è: loro ci sono, il battito è forte, sono dentro di me. Nasceranno. Non c'è bisogno che ce lo diciamo. Io ho ancora le ecografie in mano. Le passo ad Andrea, in taxi, glieli indico: uno, due, tre. Lui mi stringe la mano, mi stringe a sé, dice: «Ciao, Aldo Giovanni e Giacomo».

Facciamo quattro tamponi. Un mare di soldi. Un rapido a testa. Un molecolare a testa. Non possiamo essere positivi. Non è possibile. Andiamo via dalla clinica che sono ormai le nove e mezzo.

Filiamo nel taxi. Non smettiamo mai di stringerci la mano. Poi, per la prima volta, Andrea tira fuori una mano dalla mia e me la mette sulla pancia. La metto anch'io, sopra di lui. Sopra loro quattro.

Richiamo il dottor S. Lui mi risponde subito, anche se è molto tardi. Quella voce da padre, ferma e rassicurante. Se lui sapesse cos'è stata quella voce per me. Mi dice che la situazione è molto complessa, e che la riduzione va fatta. Ma non è allarmato né arrabbiato perché ho impiantato due embrioni. Ha una voce calmante. Mi dice che non andremo a Milano, ma a Londra. Londra è il meglio per questo tipo di operazione, mi dice. Le percentuali di riuscita sono altissime. Devo stare tranquilla (io non so quanto, in tutta questa storia, il dottor S. abbia taciuto delle sue preoccupazioni per non fare preoccupare me; ho solo avuto delle avvisaglie, ogni tanto, tipo le tracce che lascia involontariamente un ladro, ma so che mi ha sempre detto quello che doveva dirmi e ha tenuto per sé tutto l'orrore; e in questo momento non ne lascia, in questa telefonata mi rassicura e basta). Dice che ce la faremo.

Io dico ad Andrea: «Ce la faremo!» E ci abbracciamo. Non vogliamo neanche pensare che farcela in modo naturale vuol dire che uno o due di questi embrioni non arriverà al terzo mese (cosa molto probabile, mi ha detto la ginecologa di Y., mi dice il dottor S., mi diranno tutti i medici; di solito in queste gravidanze plurigemellari uno o piú gemelli non ce la fanno a sopravvivere) e farcela con l'aiuto medico vuol dire *ridurre* uno dei nostri figli. Non ci pensiamo perché il pensiero magico (ma non è magico questa volta, questa volta è la voglia di farcela dell'essere umano, no, non è la voglia di farcela dell'essere umano: è la rimozione) ci dice che ce la faremo.

Adesso ho trovato la parola: opereremo in questi mesi una testarda, inflessibile rimozione.

Passiamo una notte incredula tra la paura del covid e tutta questa realtà che ci rimbomba nella testa. «Non è possibile», è la frase che dirò di piú in tutta questa storia.

Andrea dice: «Dovete mangiare». Si rivolge a noi quattro. La ginecologa del centro di Y. mi ha detto: «Non so come faccia a stare in piedi con tre gemelli dentro. Dovrebbe stare a letto a vomitare l'anima». Invece io mi sento bene, forte come non mai. Noi cinque mangiamo, a mezzanotte, nel caldo di una casa che, nonostante tutto, è splendida (io che ho sempre odiato il concetto stesso di casa). Il nostro alberello storto brilla.

Arriva il risultato del tampone rapido. Negativo. Nella notte arriva il molecolare. Negativo. La mattina dopo arriva anche il molecolare di Marco: negativo. Il rapido era un falso positivo.

Non sa, Marco, quanto sono felice. Per noi, ma anche per lui. Pensarlo in quella casa, solo, a disperarsi. Era un pensiero tremendo. Stiamo bene, tutti e cinque. E sta bene pure lui.

Vedi, dio, vedi, mondo, vedi, chiunque tu sia, che ce la possiamo fare?

Da quando è successo tutto, non mi metto piú la mano sulla pancia. Mai.

Se la mano di Andrea capita sulla mia pancia, la sposto.

Quest'anno, quel piccolo albero spelacchiato con gli addobbi assurdi l'abbiamo lasciato nella scatola. Non ce lo siamo neanche detti, che non l'avremmo fatto. Sappiamo entrambi che non è stata una dimenticanza: ogni casa, ogni strada, rifulgeva di addobbi di natale. Semplicemente, quando è arrivato il momento, nessuno dei due ne ha parlato.

Poi a un certo punto Andrea mi ha detto: ma l'albero? Lo facciamo?

E io ci sono rimasta male perché pensavo che ci fossimo capiti senza parlare. Ma cos'è, un gioco da mentalista, che qualcuno ti possa capire anche se non parli?

Gli ho detto: «Non lo voglio fare. Mi ricorda l'anno scorso».

Lui si è innervosito: «Non puoi sempre pensare all'anno scorso. Non è che non possiamo piú fare niente perché tutto ti ricorda l'anno scorso».

Ho detto: «Allora facciamolo».

Non l'abbiamo fatto.

Succede che:

Il dottor S. mi dice che chiamerà subito Londra, di stare tranquilla. Ci pensa lui.

Il 30 faccio una nuova ecografia. La realtà che viene fuori da questa ecografia va oltre l'immaginazione mia, di Andrea, ma soprattutto del dottor S. e della ginecologa del centro di Y. Non si tratta di un embrione sdoppiato e di un altro attecchito. Ma di un solo embrione attecchito, che si è triplicato. Si chiama gravidanza monocoriale triamniotica. Vuol dire che il sacco vitellino è unico, come aveva visto già il dottor S. alla prima ecografia. In un solo sacco vitellino ci sono tre embrioni. Quello che significa davvero lo capirò solo piú avanti. Il dottor S. dice di stare tranquilla, e che pensa a tutto lui. Ripete che la possibilità che vadano avanti tutti e tre è minima (noi non sappiamo cosa sperare). Ripetono tutti, il centro di Y., il dottor S., gli altri medici: una cosa cosí non l'hanno mai vista. Non c'è nemmeno una vera letteratura in merito. I casi sono troppo pochi. Sei stata sfortunata, Antonella – quante volte sentirò questa frase, nei mesi a venire. I medici, i ginecologi, i chirurghi, gli ecografisti da cui andremo di continuo saranno allibiti: mai vista una cosa cosí. Un solo embrione che si triplica. Sappiamo, ascoltiamo che è una tragedia. Ma non lo capiamo. Non è possibile. Non può essere, sono le frasi che piú spesso ripetiamo noi, che piú spesso ripetono le persone che sanno. E cosa fate, adesso?

Noi andiamo alle visite e siamo disperati. Ma appena usciamo è come se dimenticassimo tutto. Ricordiamo solo questa grande ebbrezza. Ancora una volta, non so come spiegare. Il cervello ti dice una cosa, però ci sono questi tre cuori che battono (stanno benissimo – ripetono tutti – tutti e tre). Ma devo essere sincera: noi speriamo che uno dei tre non ce la faccia. Dobbiamo sperare una cosa atroce.

Quando le spiego cosa succede, la dottoressa del centro di Y. non si scusa per avermi detto che questa gravidanza assurda è tutta colpa mia che ho deciso di testa mia di impiantare due embrioni. (L'hai mandata affanculo quella stronza? No). Chissenefrega delle scuse. Qui dobbiamo sopravvivere.

Ancora una volta ce ne freghiamo delle restrizioni, e passiamo il 31 dicembre a casa di Marco. Siamo lui, la sua fidanzata, e noi cinque. Il dottor S. mi ha detto di non mangiare niente che abbia a che fare col maiale, nemmeno la salsiccia. A cena c'è salsiccia. Andrea di nascosto mette nel suo piatto la mia carne. Ci guardiamo sorridendo: è il nostro segreto. Rimaniamo a giocare a Risiko fino all'alba. Torniamo a casa rasente ai muri per non farci beccare dalla polizia: noi cinque. È un'alba strepitosa, la piú bella alba che sia mai esistita.

A inizio gennaio Emilio e Carlo si sposano senza dirlo a nessuno. C'è il covid, e non sono ammessi invitati. Subito dopo la cerimonia, ci invitano a pranzo e ce lo dicono. Io mi commuovo e loro ridono. E non vedo l'ora di rivelargli che una sorpresa ce l'ho anch'io, una notizia inimmaginabile ce l'ho anch'io: sono incinta. Chissà cosa mi diranno. Immagino di continuo cosa mi diranno i miei amici quando lo sapranno, e non vedo l'ora. Non vedo l'ora di essere sommersa dall'amore. A un certo punto, in quel pranzo, mentre bevo quella che ormai Emilio chiama «la tua Schweppes», mi vien quasi voglia di dirlo. Ma ho questa diga e non posso. Però è come se ve l'avessi detto, amici.

Quel giorno, insieme, abbiamo festeggiato tutto: il vostro matrimonio e i nostri figli.

Il mio piumino è logoro. Ce l'ho da quindici anni. Vado con il mio amico Luca a fare un giro per negozi. Mi provo una S ma mi sta un po' piccola. Spero ancora una volta che mi guardi e mi dica: non è che sei incinta? Ma come potrebbe pensarlo: sa che gli dico sempre tutto. Mando una foto a Giulia: «Come mi sta?» Lei scrive: «Mah, non mi sembra proprio il momento di comprare un piumino dato che tra un mese non ti entrerà piú» (e tanti cuoricini e tante facce che ridono). (Sono tornata alla Rinascente, quest'anno, ho comprato quel piumino: è stato un altro atto di forza inutile di quelli che faccio continuamente da quando è successo tutto, come quando ti imprimi un oggetto bollente sulla pelle per imparare a gestire il dolore).

Faccio mille ecografie, quasi una ogni due giorni. Il dottor S. c'è sempre. Non importa se è capodanno, se è sabato, se è domenica, se è festa. Mi monitora di continuo, mentre aspetta il responso da Londra. Un indizio involontario, però, lo lascia: non mi fa piú sentire il battito del cuore. E quando, una volta, si allontana un attimo e io chiedo a una sua collega: «Mi fa sentire il cuore?», e mi inebrio di quei battiti, lui quando torna si fa duro e le dice: «Perché le hai fatto sentire il cuore?» La sua collega mi indica: «Me l'ha chiesto lei». Lui non dice niente. Una voce nella testa chiede: perché non vuole che tu senta i battiti? Perché è di fretta. Solo perché è di fretta.

Gli embrioni, i bambini, come devo chiamarli – *loro* –, stanno benissimo. Crescono bene, sono grandi uguali, il cuore batte forte, sono ben impiantati. La speranza che uno di loro si *riassorba* – oddio che termine brutale – da solo ormai è minima. Può essere una *speranza* che un figlio muoia? Io cosa devo pensare? Cosa devo sperare? Davvero, che almeno uno di loro muoia? Come si fa a sperare una cosa cosí? Come si fa a non sperarla? Come si fa, tutto?

Arrivano le prime copie del libro, che uscirà a giorni. Ne regalo una al dottor S.

La variante inglese si abbatte su tutta l'Europa. Al dottor S. dicono che non possiamo andare a Londra a fare la riduzione (com'è possibile? Com'è possibile che tutto si incroci con tutto? Com'è possibile che sia proprio Londra l'eccellenza in questo campo e che ci sia una nuova variante proprio in Inghilterra?) Io mi dispero, dico: «Come faremo?» Lui dice: «Dobbiamo restare in Italia. Andiamo a Milano. Ce la faremo. Va bene anche cosí».

Quando non è a casa, Andrea mi manda messaggi del tipo: «Che fanno Aldo, Giovanni e Giacomo?» E io: «Aldo dorme, Giovanni se ne frega, Giacomo sta in ansia». E per i nostri bambini inventiamo delle personalità: il pigro, l'entusiasta/menefreghista/godereccio, l'ansioso/ballerino – come me. Giacomo sta sempre in ansia, e lo prendiamo molto in giro. Inventiamo non è la parola giusta: queste personalità sono vere per noi. Questi bambini esistono. Oggi, un anno dopo, io me li ricordo. Quei bambini sono esistiti con le loro sfaccettature e le loro personalità.

L'8 gennaio andrò a Milano, in casa editrice, per il libro. Sono emozionata. Non si divide, mai, la sensazione che ho per il romanzo da quella che ho per questa gravidanza. Io di solito ho terrore di fare le presentazioni: quando ero piccola balbettavo (non saltuariamente, tutto il tempo) e anche se sono molto migliorata, quando ho paura può succedere che balbetti, oppure che mi si blocchi totalmente la parola. Perciò, di solito, ho terrore delle presentazioni. Di bloccarmi in mezzo alla frase e non riuscire piú a parlare. Questa volta, per questo romanzo, io non ho paura di niente.

Il mio precedente romanzo l'ho vissuto malissimo. Mi sono fatta sovrastare dal terrore – per l'uscita, per l'accoglienza, per le presentazioni. Nonostante andasse tutto bene, sono andata in depressione, ho preso dei farmaci per tentare di star meglio, sono dimagrita di dieci chili, non mangiavo e non parlavo piú. «Da questo romanzo voglio prendermi tutta la felicità che non mi sono presa con il precedente», scrivo a una mia amica. Ma questa forza, questa fiducia nel presente e nel futuro, è la gioia per questa gravidanza a darmela, anche se io non lo so ancora. Sembra assurdo, ed *è* assurdo, ma le brutte notizie sulla nostra condizione ci trapassano. È come quando scoli la pasta. L'acqua sono le tragedie che ci riguardano da vicinissimo. La pasta sono i tre bambini. Solo loro restano.

Penso sia gioia, invece è la speranza quando diventa nera e il nome è sempre quello: rimozione.

Il dottor S. sta cercando un giorno in cui mi accetteranno all'ospedale di Milano. Potrebbe essere qualunque giorno. E io non posso sindacare sulla data. Bisogna andare in questo centro specializzato *il prima possibile*, la situazione è troppo critica. Ma l'8 gennaio andrò a Milano per il libro e il 14 il libro uscirà; non posso stare in ospedale. Tutto insieme. Scrivo a Giulia. «Avevo sperato in una cosa bella, una cosa normale, dopo tutti questi anni. Mi sembra un sogno» (sí, scrivo un sogno, non lo so perché). «O un incubo», scrive lei. «Sí». «Online puoi fare tutto secondo me». «Lo faccio dall'ospedale?» dico io, con un'emoticon che sottintende: come cazzo devo fare. «Secondo me devi dire la verità alla casa editrice e posticipare le presentazioni». «No. No. Non si può fare. È tutto programmato. Se sposto le cose del lancio salta tutto. È cosí che va la promozione. Se sposto le cose del lancio, il libro va sicuro male. E poi dirglielo... Non me la sento proprio». «Prova a non stressarti troppo e a prendere tutto alla giornata». «Sí». «Se pensi a tutto non ce la puoi fare». «No».

Mi chiamano dall'ospedale di Milano. Il dottor S. li ha avvisati che sarò in città l'8 e il 9 gennaio per lavoro. Riescono a incastrare tutto (questa storia è anche una storia di persone orribili, o di persone meravigliose come il dottor S. e il team dell'ospedale di Milano). Il dottor S. non dimentica mai che, oltre che una donna incinta in grande difficoltà, sono una scrittrice. Non mi dirà mai: adesso lascia stare il libro e concentrati solo su questo. È cosí raro incontrare una persona che ti considera in tutto il tuo essere, non solo come paziente.

Nel caos totale, il dottor S. ha trovato una luce. In casa editrice invento che quando abbiamo finito il lavoro sul libro devo andare in un centro specializzato perché soffro di emicrania da anni (vero). Questo perché il viaggio lo organizzano loro, e perché il lavoro deve essere programmato in modo che io possa essere in ospedale in orario. Invento bugie su bugie su bugie, parlo a lungo di questo mal di testa, prometto di far sapere come sto.

Arriva quindi l'8 gennaio e io, incinta di otto settimane, con le nausee, Aldo, Giovanni e Giacomo, parto per Milano.

Non posso immaginare, nessuno può immaginare cosa mi aspetta, in queste poche ore.

Mi ricordo quando arrivo in albergo. Mi ricordo che sono euforica (vi prego non mi prendete per superficiale o pazza, io per tutti questi mesi che sto raccontando ho questo fuoco dentro, questo fuoco che dice che andrà tutto bene, tutto, tutto, non so come spiegarlo). Il concierge che non sa che siamo in quattro mi chiede la carta di identità. Salgo con la mia valigia in camera come fosse la prima volta che vedo un albergo. E lo è. Perché non ci vado da un anno. Perché finalmente sto facendo un viaggio. Perché lo sto facendo per il mio romanzo. E perché sono la madre.

Non penso all'ospedale.

Entro in casa editrice. Controllo febbre, mascherine, distanziamenti. Sui tavoli, c'è una distesa di copie del mio romanzo che devo firmare. Aldo Giovanni e Giacomo potrebbero scoppiare di gioia. O sono io che potrei. Faccio una foto e la posto su instagram. Scrivo: «Finalmente incombe davvero». E parlo del libro, certo. Ma è anche un mio messaggio cifrato alle stelle.

Passiamo giorni splendidi in casa editrice con tutte le misure di sicurezza per il covid. Io spero di non vomitare nei momenti clou. Non vomito, o riesco a vomitare nelle pause. Aldo Giovanni e Giacomo mi assistono, o non gliene frega niente (mi piace pensare a dei bambini felici che non si preoccupano per la loro madre). Andrea mi scrive e mi chiede di loro. «Cosa fa Aldo?» «Dorme». «E Giacomo?» «Giacomo sta cagato sotto per le presentazioni che dovrò fare». Ridiamo del suo essere ansioso e, per la prima volta, delle presentazioni non ho paura nemmeno io. Ci pensa lui.

Il giorno dopo, prima di tornare a Roma, vado in ospedale.

Posso scriverlo solo come posso scriverlo.

Mi faccio lasciare dal taxi prenotato dalla casa editrice

davanti alla clinica. È bella, molto curata, specializzata in gravidanze difficili. Ce la faremo. Entro. Mi stendo a gambe aperte. Ecografia transvaginale. Le dottoresse gentilissime. Il battito (quel battito, che cosa incredibile quel battito). Comincio a vedere le mani, i piedi, la testa. Queste sono le mani. Questi sono i piedi. Questa è la testa. E questa è l'ecografia di Huck Finn. Tre battiti potenti, forti, sicuri. I bambini stanno bene.

Ma la situazione è molto grave. «Tu te la senti di abortire?» mi dice una dottoressa. «Ma...», io inizio a piangere, non smetterò mai di piangere, per ore, «sono anni che li cerchiamo», e questi sono i miei figli, ma non glielo dico. «Allora sarebbe una tragedia», dice lei. Mi sorride. Ma è molto dura e sincera. Perché devo sapere tutto. Tutte le possibilità, tutta la realtà, tutti i rischi. Se voglio tenerli, devo fare per forza questa riduzione (a meno che non voglia tentare la sorte e rischiare che muoiano tutti e tre anche al sesto, settimo, ottavo, nono mese, o che nascano con malformazioni, e di morire anch'io). Mi illustrano tutto (devo capire tutto alla perfezione, Andrea non c'è). Mi fanno dei disegni (io ce li ho ancora questi disegni, sono orribili). Mi dicono che la cosa migliore è scegliere se voglio abortire ora – alla fine del secondo mese – o se voglio aspettare la fine del terzo e provare la riduzione. Mi spiegano che se non fosse una gravidanza monocoriale avremmo una percentuale di perdita degli altri due solo del 5-10 percento. Ma nel mio caso – un caso che non gli capita da anni – i tre gemelli sono nella stessa sacca. Quindi sono tutti collegati. Fa un disegno di un alieno coi tentacoli. In realtà siamo i miei tre figli e io. Siamo tutti collegati. Se muore uno, possono morire gli altri due. E poi ci sono cosí tanti problemi anche se la riduzione andasse bene e la gravidanza andasse avanti. C'è la Ttts per esempio, la sindrome da trasfusione feto-fetale. Uno dei due potrebbe dare tutto il sangue all'altro, da un certo punto in poi, cosí, per nessun motivo. Se succede, si prova un intervento. Se non va in porto, uno muore perché non ha piú sangue, e all'altro gli scoppia il cuore. Dimensioni della testa, delle mani, dei piedi. Qui c'è il cuore. Guardo come batte.

Io sto attentissima. Parlano molto. Sono molto dolci e comprensive ma molto dirette. A che pro nascondere. Mi illustrano altro orrore. Se provi la riduzione, la possibilità che gli altri due sopravvivano è il quaranta percento. Quaranta percento? Io pensavo che…

Quaranta percento. Vivremo con queste percentuali. La percentuale che un solo embrione si potesse triplicare: zerovirgolazerozerozerononsoquanto. La percentuale che due sopravvivano. La percentuale che, anche se sopravvivono, succeda ogni disastro. Una spia nel cervello mi dice: se è successo l'imponderabile, se è successo quello che poteva succedere allo zerovirgolazerozerozerononsoquanto, perché non dovrebbe succedere qualcosa che è possibile al quaranta percento? Quel quaranta percento mi sembra niente e mi sembra tutto. Nell'inconsapevole stupida speranza in cui sono sprofondata, a tratti mi sembra tanto. Una possibilità gestibile. In tutti questi mesi, non crederemo mai davvero che possa andare tutto male. Mai.

Ho un mese per decidere. Se voglio abortire. Se voglio provare. E se, nel caso di riuscita, me la sento di affrontare una gravidanza gemellare in cui ogni momento può succedere la fine.

L'ho scritto come potevo scriverlo. Mi scuso, ma ho appena riletto trecento messaggi di quei giorni per essere precisa. Mi scuso, ma non ce la faccio, a essere piú precisa di cosí. A dire piú di cosí. Il corridoio bianco panna dell'ospedale ondeggia. Esco dalla clinica e si fa sera e piango, piango, piango. Vado in stazione e me ne frego della mascherina, dell'amuchina, dei contagi. Mi metto in un bar ad aspettare il treno e sono senza mascherina, non mi disinfetto le mani, mi tocco gli occhi, raccolgo la mascherina che mi è caduta per terra ed è quella che metterò in treno. Non me ne frega piú un cazzo di un cazzo. Telefono ad Andrea e piango. Telefono a Giulia e piango. E anche Giulia non sa cosa dirmi. Nessuno lo sa. Prendo il treno e piango.

La mattina, prima di sapere tutto: «Aldo Giovanni e Giacomo hanno paura». «Presto ci saranno. È bello da pensare, no?» (Sono i messaggi di Andrea che mi straziano, piú dei miei). «E se muoiono tutti?» «Toni dai però, non pensare sempre al peggio, ne abbiamo tre cazzo, sempre esagerata». «Ma tutti dicono che è possibile». «Ma ora dobbiamo affidarci. Ti aspetto alla stazione stasera. Aspetto te Aldo Giovanni e Giacomo». «Ci vogliono dividere ma noi no, noi quattro staremo sempre insieme». (Non volevo scriverlo questo messaggio, in questo libro).

Poi c'è la valanga di messaggi dopo questa visita. Un miscuglio di terrore per loro, terrore per le mille cose da fare per il libro in questa situazione. Terrore. In treno: «Ce la faremo, Toni. Tu sei forte per fortuna. Sei sempre stata forte». Io non rispondo, lui: «Pensa se eri una pippa». Vuol farmi ridere e io, come i pazzi che siamo, rido. «Tu sei forte, sei sempre stata forte. Sono i tuoi figli cazzo, sono forti come te. Non molleranno». «Vero?» «Sí». Qualche ora dopo: «Non ce la posso fare. Poi stare lí a sentire per un'ora tutta quell'angoscia, quella prospettiva di disperazione. È tremendo». «Quando arrivi ci ragioniamo, dai ti prego. Non hanno detto che è tutto finito». «Mah. In ogni caso è un calvario. Una cosa senza fine. Che si può interrompere in ogni momento. Per nove mesi». «Sí ok. Però pure se tocca soffrire, potrebbe andare bene, no?» «Ma perché tocca sempre soffrire?» «Eh piccola, non lo so. Però bisogna tenere duro». «Mi sono rotta che bisogna sempre tenere duro». «Però è cosí. È inutile pensare diversamente. Teniamo duro insieme, amore» (se fosse un personaggio di un romanzo, e adesso stesse dicendo amore, considerato come parla e chi è, mi si spezzerebbe il cuore). «Ma questi poveretti. Stanotte li ho sognati. Erano due». «E che facevano». «Biondi». «Non è un'azione». «Nella pancia nell'ecografia si vedeva lei che aveva i capelli lunghi e i boccoli e lui il taglio da maschietto ma tipo lord». «Erano un maschio e una femmina?» «Sí. Anche se è impossibile. Con questo tipo di gravidanza sono tre tutti uguali. Pure di faccia, di corpo, tutti uguali. Pensa che flash, tre bambini uguali» (smorziamo, stemperiamo, siamo pazzi). «Speriamo che assomiglino a me». «No, a me». «E poi come continua il sogno?» «Erano vestiti lei di rosa lui di azzurro» (con un'cmoticon stupita che vuol dire: ma ti pare che li abbiamo vestiti di rosa e azzurro?) Lui: «Ahahaha» e poi una pausa e poi: «Cari». «E si vedevano benissimo la faccia e le mani. E stavano bene». «E il terzo, poraccio?» «Non c'era», pausa, «piú». «Ce la faremo, porca puttana». «Perché non può essere normale? Perché non può essere una cosa bella?» «Ce la faremo». E poi gli racconto del telefono che trabocca di messaggi per il libro, di instagram e facebook, e io che devo rispondere tutta entusiasta, non ce la faccio (in realtà non *devo*: voglio; continuo a essere questa persona scissa, anche qui, anche in un momento cosí – te lo sei meritato), non ce la faccio (non so razionalmente quanto tutto questo, che penso mi faccia male, mi fa bene). E poi gli racconto che

(un attimo, un respiro)

per vederli bene le dottoresse toccavano e spingevano la pancia e loro si muovevano. Ormai si muovono. Ormai esistono. E quanto li abbiamo voluti. E noi vogliamo che restino con noi. Lui: «Ma c'è un 40 percento che due ce la facciano. Devi pensare che esiste questa possibilità». «Ma anche se la superano, c'è un altro 15-30 percento che i due restanti si contagino tra loro la Ttts o altro, e non ce la facciano. E queste percentuali durano per tutti i nove mesi». «Ci avevano detto tutti che non sarebbero arrivati qui in tre. Invece sono in tre. Sono tosti, Toni. Questi tre».

È il 29 dicembre 2021 mentre scrivo queste ultime parole. Ad Andrea, che sto continuando a scrivere, l'ho detto. Ha accettato anche di leggere quello che ho scritto. Gli ho letto tutto ad alta voce. Non ho pianto mai. Adesso arriva in salotto. Si è appena svegliato. Finalmente a Roma – dove il covid, come in tutto il resto del mondo, impazza di nuovo –, dopo una settimana di pioggia, c'è il sole. Io ho passato la mattina a cercare i messaggi e le mail per essere precisa, per ricordare tutto. Per scrivere quello che andava scritto. Andrea arriva in salotto, sorride: «C'è caffè per me?» E io contravvengo alle mie regole e scoppio a piangere.

Per tutto ma in particolare per un suo messaggio che ho appena riletto. Un ultimo messaggio dal treno.

«Deve andare benissimo il libro», scrivo io, «ci deve dare forza in tutto questo casino» (parole esatte, sincere come mai). «Sí. Ce la deve dare» piú tre emoticon di dita incrociate. «Il dottor S. dice di andare a fare eco da lui domani mattina con tutta la documentazione, alla clinica Z.» «Perfetto. La clinica dove sono nati i miei nipoti». Io faccio tre cuori. Lui: «E forse anche i miei figli».

Quando torno a casa, prepariamo la tavola e parliamo. Gli racconto bene, cerco di essere meno cruenta ma precisa. Non gli faccio vedere i disegni dell'orrore. Devo essere un robot che parla, devo essere un referto medico (non posso ricattarlo: ti prego, non farmi abortire gli unici bambini che non ho mai voluto abortire). Alla fine dico, abbiamo due possibilità: «Abortire, o aspettare un mese. Serve un mese perché devono essere il piú formati possibile per capire se qualcuno ha dei problemi, e quindi in caso *ridurre* quello. Dodici settimane sono il limite. Noi tra un mese saremo a dodici settimane. Alla fine di questo mese, se sono ancora vivi tutti e tre, dovremo provare questa riduzione. Se funziona, la possibilità che non sia una gravidanza facile è comunque altissima». Su quest'ultima parte non so quanto sono precisa. Non so quanto lui abbia mai capito veramente la gravidanza pretermine praticamente sicura, i lunghi ricoveri prima di partorire, l'immobilità a cui ci si deve sottoporre – a letto, in ospedale –, in molti casi già dal quinto o sesto mese, la possibilità di non farcela che continua fino alla fine, la possibilità della Tin – terapia intensiva neonatale –, la possibilità che per sempre i bambini, se nascono, debbano soffrire di qualcosa perché sono nati troppo presto e non si sono formati bene. Io nei mesi studierò tutto. Capirò che i gemelli (due, non tre) di questo tipo di gravidanza è tanto se raggiungono il settimo o l'ottavo mese. Mi iscriverò a un gruppo facebook di gravidanza monocoriale biamniotica (quelli per triamniotiche, cioè per tre gemelli, non esistono). Lí c'è la forza, e la disperazione. È molto peggio di quello che pensavo.

Finisco questo discorso. Dico: «Tu cosa vuoi fare? Abortire o provare?» Vedo un attimo di dubbio. Lo vedo chiaramente. Non so cosa gli passa per la testa. Vedo il dubbio passare nella sua mente, lo leggo e non lo posso sopportare: «Ci proviamo, vero?» dico. E i miei occhi non ammettono un'altra risposta. «Certo che ci proviamo», dice. «E ce la faremo», aggiunge.

Mi sento Voldemort che pilota la mente della gente.

Cosa farete?

Le amiche mi chiedono. Io dico che non posso abortire. Loro sono d'accordo. (Non so se lo dicono perché lo sono davvero, o per aiutarmi; cosa puoi dire a una in difficoltà cosí).

L'hai detto a tua madre?

Le mie amiche mi scongiurano. Hai bisogno di aiuto, mi dicono, non puoi tenere tutto questo per te. Hai bisogno di aiuto. Ma io sto dentro un mondo che nessuno può capire. Aprire la bocca e parlare vuol dire rendere tutto reale. Non posso parlare.

Almeno a tua sorella, allora. Hai bisogno di una persona cara.

Ma io ho già delle persone care che sanno, e altre in questa storia non posso coinvolgerle. Non posso aprire la bocca. Non posso parlare.

Dare dolore ai miei, a mia sorella, non lo posso fare. Non per loro: per me. C'è troppo dolore. Non lo voglio.

Dillo in casa editrice. Fatti aiutare.

Io lo so che mi aiuterebbero. Ma ancora penso che li sto tradendo – non è basato su niente, questo pensiero: ma è un pensiero reale come il caffè che non posso piú bere, mi fa schifo anche l'odore, e quanto amo che mi faccia schifo anche l'odore. E poi non smetterò mai, in tutta questa storia, di tenere al mio romanzo oltre ogni cosa (non oltre i miei figli, ma oltre tutto il resto sí, non oltre i miei figli ma per fortuna per ora nessuno mi ha chiesto: scegli, o i tuoi figli o il libro).

Sono convinta che dover lavorare al lancio e alle mille presentazioni e alle interviste proprio ora mi distrugga. Che sia una maledizione che queste due cose si siano sovrapposte e mescolate. Ma, quando sarà troppo tardi, capirò. Non poter mollare, non poter rivelare in casa editrice quello che sta succedendo, sarà l'unica cosa che mi eviterà di impazzire. Non c'entra che sia un libro: potrebbe essere qualsiasi cosa a cui tengo cosí tanto. Basta che sia la *mia* cosa. Mi salverà dalla pazzia.

Io, finora, fino a questo momento in cui sto scrivendo, ho pensato: quanto sono stata coraggiosa a non mollare il libro in quella situazione. Lo pensavo anche mentre succedeva: quanto sei coraggiosa. Ma ho detto che per scrivere devo essere sincera; qui, e solo qui. E quindi mi devo ridimensionare. Non sono stata coraggiosa. Ho tratto vita dal mio lavoro come mai prima. Ho tratto vita dalla bellissima tempesta del romanzo e l'ho trasferita dentro i miei tre figli. Ho tratto vita dalla bellissima – sí, bellissima – tempesta dei miei figli e l'ho trasferita dentro il mio romanzo.

Non è coraggio. Non è sopravvivenza.

C'è un'immagine a cui penso sempre. Una sanguisuga, che ti succhia il sangue, succhia, e ti stordisce. E tu ti abbandoni e chiudi gli occhi e quanto è lieve finalmente svenire.

Scongiurerò le mie amiche di non parlare delle cose tristi. Facciamo finta che vada tutto bene. Ma ho terrore di crollare. Non voglio crollare. Foto all'ottava settimana + 5, per Ada e Bianca, con la pancia scoperta, di profilo, come fanno le donne incinte. «Ma secondo voi sono ingrassata o è possibile che si veda un po' di pancia?» Risposte entusiaste: «Si vede! Certo che si vede già: sono tre!»

Io in tutte le presentazioni del mio libro indosserò gonne lunghe. Perché i pantaloni che ho non mi vanno piú. Me l'aveva detto Bianca: «Vedrai, ti verrà naturale di non metterli». Messaggi pieni di cuori e di emoticon felici.

(Quando tutto sarà finito, precisamente due giorni dopo che tutto sarà finito, mia madre che segue tutte le presentazioni online mi chiederà: ma come mai metti sempre le gonne, tu che non le metti mai? Da allora, cercherò sempre di indossare pantaloni, anche se mi stringono ancora. Perché mia madre non possa pensare che sono incinta. Non ce la farei. Non ho mai visto i miei, da quando ho scoperto di essere incinta fino a quando sono stata in grado di fare un sorriso finto).

È passato qualche giorno da quando sono tornata da Milano. Siamo ripiombati nell'inconsapevolezza. Nella stupida nera speranza. Non è neanche speranza. È certezza. Andrà tutto bene. Non ci pensiamo nemmeno che il primo passo è ridurli da tre a due. Parliamo di loro tre nei messaggi. Divertiti. E del libro. «È sul Corriere!», la prima recensione al mio romanzo, il 10 gennaio, quattro giorni prima dell'uscita. «Com'è?» «Ottima!» «Ma tu dove sei?» «In salotto» – dormo spesso sola in salotto. È mattina presto. «E allora perché me lo scrivi se siamo nella stessa casa?» «Perché non potevo aspettare».

Il 12 gennaio.

«Puoi comprare il bicarbonato? E quella bibita al succo di limone e zenzero che sta in frigo all'entrata del supermercato» (mi fa vomitare tutto, il bicarbonato e il limone mi fanno stare meglio; ora, non li voglio piú vedere). «E poi?» «Yogurt. E quelle cose schifose, le gallette di riso». «Ok quale bicarbonato» (mi manda foto). «Uno qualsiasi. No, quello al limone» (compreremo mille barattoli di bicarbonato, la metà di uno è rimasta qui in casa, ogni volta che lo vedo potrei buttarlo ma non voglio; è un misto di: *non voglio buttarlo*, *voglio spaccarlo in mille pezzi*, e di: *e se un giorno dovesse servirmi di nuovo?* Ancora con questa nerissima speranza? E poi ancora: *se lo butto, è successo davvero, se non lo butto forse era lí per caso, chissà chi l'ha comprato e perché*).

Devo preparare la valigia per Milano: «Ma ho sonno, e Aldo, Giovanni e Giacomo sono incazzati. Volevano venire sul set con te». «Se te la senti vieni, ma è una giornata faticosa». «Non posso» (risentimento, incomprensione). E dopo: «Devo lavorare a una cosa che non mi va. Sono arrabbiata». «E Aldo che dice?» «È arrabbiato anche lui, vuole dormire, non vuole lavorare». «Giovanni?» «Ah lui se ne frega. È contento. Tanto sa che faccio tutto io». «Giacomo?» «Sta in ansia. Dice che andrà tutto male. Il libro. Dice che non saprò fare le presentazioni». «Eh, lui è ansioso». «Poverino. Giacomo te lo tieni tu». «Va bene. Scappo che ho la proiezione».

Il 13 gennaio sono a Milano.

Notte. «Io vado a dormire. Agg hanno sonno» (li chiameremo spesso anche cosí, AldoGiovanniGiacomo: Agg). «Hai mangiato?» «No». «Non li affamare, dai, poverini». «Tra 13 minuti è il giorno mio. Il giorno che incombe». Sono cosí emozionata. «Forza! In bocca al lupo!» «Ho paura delle interviste». «Falle fare ad Aldo. Aldo le sa fare bene». «Ma sta dormendo. Come sempre. È come te».

Il 14, a Milano. Giorno dell'uscita del libro.

Mille messaggi di: «L'hai sentita l'intervista in radio? Com'è andata?» «Sí, tutto bene». «Mo' dobbiamo capire come gestire tutto in sé per sé e con Agg. Se ci prendono allo Strega... Ci prenderanno?» «Sí che vi prenderanno». «Ma come devo fare, a luglio sarò un pallone» (o molto piú probabilmente, ma non lo dico, avrò già dovuto partorire per questa gravidanza che fingiamo non sia cosí difficile; se tutto va bene). «Sarai fighissima incinta allo Strega».

(spaccare tutto, spaccare tutto)

E io che mi vedo lí, a luglio, incintissima e raggiante.

(spaccare, spaccare la testa)

Faccio presentazioni online, interviste, una in una libreria ma sempre in streaming. Tutti mi dicono: hai un'energia pazzesca. Agg ridacchiano.

Cosí, e poi picchi giú nel buio. Litigi su litigi con Andrea. Gli urlo che sono io in questa situazione. Che sarò io a non poter piú lavorare come prima, io che avrò problemi con la promozione del mio libro. Che lui il suo lavoro lo sta facendo e lo fa senza tutti i problemi che ho io, già ora. Che, mentre io impazzisco, lui è sereno. Mi dice: «L'hai voluta tanto questa cosa, no?»

(è successo e succederà molte volte che lui mi risponderà: l'hai voluta tanto questa cosa, no?)

(è successo e succederà molte volte che io dirò: non è solo mia questa cosa, lo capisci?)

(è successo e succederà molte volte che lui dirà: non è sola tua questa cosa, lo capisci?)

(non penso che possiamo capirci)

Mi dice: «Sto cercando casa. Dobbiamo cambiare casa. Non possiamo rimanere qui, al quinto piano senza ascensore, e senza almeno una stanza in piú».

Io vado in brodo di giuggiole.

Quando esce per andare sul set, a volte non lo sento per tutta la giornata.

Quando esce per andare sul set, a volte ci lascia teneri messaggi per noi quattro. Quei messaggi li ho, ma non so piú dove sono e non lo voglio sapere.

Oggi, 3 gennaio 2022, devo riconsiderare questo libro. Ho detto che ho iniziato a scriverlo ancora posseduta da un'assurda nera speranza. Ho detto che questo libro agisce su di me.

Forse non agisce piú.

Anzi, la verità è che non ha mai agito. Sono tutte stronzate. Solo coincidenze in cui voglio vedere segni.

Sto solo cercando qualcosa, qualsiasi cosa in cui credere.

Sto scrivendo quello che è accaduto, ma non quello che sta accadendo ora. Quello che accadrà domani non posso saperlo. Ma quello che sta accadendo ora non posso scriverlo. Non è un diario, non posso scrivere giorno dopo giorno, mentre tutto accade. Non ne ho la forza. Né la voglia.

Oggi è successo qualcosa che deve farmi riconsiderare questo libro. Una cosa che ancora una volta intacca l'inutile convinzione che ho di dare un lieto fine a questa storia. Non ho mai scritto libri con un lieto fine. Ho scritto libri con finali neri, finali aperti, finali di speranza, ma mai un libro con un lieto fine.

Vorrei tanto poterlo scrivere, saperlo scrivere, un giorno.

Devo riconsiderare cos'è un lieto fine.

Devo riconsiderare quello che ricordo. Ho bisogno di aiuti – le cartelle cliniche, i messaggi, le mail – per ricordare.

Ho omesso dei messaggi con dei forti litigi e delle parole molto brutte tra me e Andrea. Ho omesso che una volta lui mi parla di due figli, e io dico e il terzo? Te lo sei già scordato? E mi incazzo – ma, in fondo, cosa sto sperando?

Per esempio litighiamo tanto perché lui mi dice che forse non potrà venire a Milano tra un mese, deve girare. Io dico porca puttana, non stai con una persona che non mette il lavoro al primo posto, non stai con una che non capisce cos'è il lavoro per te (e per me). Ho fatto tutto da sola. Sono andata a Milano da sola a sentir parlare di morte. Ma questa volta devi venire. C'è bisogno anche della tua firma per l'operazione. E c'è bisogno di te.

Lo sa che stavolta non c'è alternativa. Comincia a cercare di capire come farà a mancare tre giorni dal set – non uno di piú.

Racconto il passato, è vero, ma lo racconto oggi. Adesso, quei litigi non sono il punto. E non perché io lo abbia perdonato, o perché mi sembrino litigi stupidi, o perché io mi senta la santa vittima e lui il carnefice. La realtà è molto piú umbratile. È che c'è un fuoco, sempre, in quello che racconti. Quando è inventato, e quando è vero. Un fuoco come la messa a fuoco di una macchina da presa, un fuoco come la messa a fuoco, perfino, dell'iPhone. Non puoi fotografare tutto. Decidi il tuo fuoco e puntalo. Il mio fuoco sono loro tre.

Se fosse un personaggio d'invenzione, Andrea dovrebbe seguire un cambiamento che va da A a B a C. Nella vita invece è come il grafico dei contagi del covid, o come l'elettrocardiogramma, o come il disegno di un bambino. Va giú e su, cambia e torna indietro, si attorciglia su sé stesso, si ripete, si ribalta. In un romanzo, in una storia d'invenzione, un personaggio non deve mai ripetersi. Andrea si ripete e scarta e va avanti e indietro disordinatamente, senza uno schema che ci possa aiutare. Pure di me se si facesse un grafico, sarebbe un grafico pieno di disordine. Gli unici che vanno dritti come un treno, ordinati, perfetti, ligi protagonisti di un romanzo, gli unici che filano dritti nella loro direzione, verso il loro destino, sono loro tre.

Ieri Andrea mi ha detto di nuovo che devo superare questa storia. Lo dice quando litighiamo tanto. L'ha detto quando a natale non sapevamo che fare e mi ha proposto di vedere *Harry Potter*, ma io gli ho risposto: «Lo guardavamo l'anno scorso, io non ce la faccio». Lo dice quando non so come spostarmi, a Roma, e lui mi dice prendi il motorino e io dico: col motorino sono incazzata, il motorino non lo prendo piú. L'ha detto ieri quando abbiamo litigato e io ho detto: «Cazzo, mi voglio distrarre, non voglio pensare a cosa stavamo facendo a natale l'anno scorso». Quando lo dice io prendo la mia testa, la lancio in un'altra direzione, e non lo ascolto piú.

Sennò che dovrei fargli?

I maschi – mi dicono –, i maschi non capiscono, non ce la possono fare. I maschi. Boh. Io non lo so cosa penso dei maschi, non lo so cosa penso delle femmine. Spesso non so cosa penso, e non lo voglio sapere.

Fino alla fine del terzo mese, essendo una gravidanza nata da una Pma, devo continuare con le punture e il resto delle medicine.

Prendo: acido folico, pillole Progynova (2 al mattino, 2 alla sera), cardioaspirina, cerotti Estraderm (2 ogni 48 ore), Deltacortene, Pleyris punture (2 al giorno).

Non vedo l'ora che passi il terzo mese, e che la mia gravidanza diventi una gravidanza come un'altra (sono pazza, questa frase in questa gravidanza non esiste).

Il mio libro è uscito, e io sto facendo le presentazioni, le interviste. Ho un mese per non pensare che i miei figli potrebbero non nascere, che almeno uno di loro sicuramente non nascerà.

C'è una stanza in casa mia che odio. È lo studio, che è esposto a nord ed è gelato. Non ci vado mai. Sto sempre in salotto, che è pieno di sole. In questo mese, come spesso ultimamente, passo tanto tempo sola. Sola, poi. Fa ridere. Quando sono sola, siamo in quattro.

Noi rinchiusi con il coprifuoco, Andrea sul set con i permessi per girare fino a tardi. Lui vede la notte che noi – noi, cioè il resto dell'Italia – non vediamo piú.

Passo tanto tempo sola, e mi macero per la paura che questa gravidanza possa nuocere al romanzo. Non sono cambiata. Sono sempre io. E poi mi esalto e dico che questa gravidanza non può che far bene al romanzo. Non sono cambiata. Sono sempre io.

Andrea sbiadisce.

Io sto al caldo in casa e spesso mi sento sola e ho paura. E tante altre volte mi sento felice.

Quando Andrea non c'è, le interviste o le presentazioni le faccio nel salotto, pieno di luce.

Quando Andrea c'è, mi chiudo nello studio, al freddo, perché mi vergogno a parlare davanti a lui. Quella stanza, col tempo, imparerò ad amarla.

Ogni volta che presento il romanzo, c'è qualcuno che mi chiede se ho figli, dato che parlo di una madre che ha un rapporto molto difficile con le sue bambine piccole. Dato che, in una parola, parlo di maternità.

Io non ci pensavo proprio mentre scrivevo questo libro. Però adesso le domande sono qui, e noi quattro siamo qui. E io dico no non ho figli, però dentro di me come sono felice: Al Joe e Jack mi dicono madonna come fingi bene, oh. Oppure dicono madonna che bugiarda che sei, oh. Oppure nuotano, si muovono, e ogni settimana, ogni giorno, ogni minuto madonna quanto crescono.

(Continuerò a presentare il romanzo molto tempo dopo che sarà successo tutto; continueranno a chiedermi: hai figli, tu? E io dovrò rispondere, e dovrò dire al mio cervello tu rispondi ma non pensare, tu rispondi ma non piangere; non piangerò mai, mai, davanti al mondo, nemmeno quando sarà appena successo tutto; sei sicura che ce la puoi fare a continuare a presentare il libro? mi diranno. Ce la faccio, io ce la faccio sempre. Non c'è bisogno di combattere sempre con te stessa, Antonella, mi dice chi mi conosce bene. Invece c'è bisogno. Io funziono per combattimenti. Per battaglie pro o contro di me).

A fine gennaio l'ufficio stampa della casa editrice mi manda il modulo da compilare per partecipare al premio Strega. Io firmo un documento in cui c'è scritto che sono disponibile, in caso, a partecipare al tour di presentazioni.

Firmo e mi si divide il corpo in due: una metà dice ce la farai, un'altra metà dice se va tutto bene, se mai dovesse andar bene, all'epoca del tour dello Strega tu non ti potrai muovere da un letto. Stai zitta, testa. Quando mai una testa che ha parlato ha detto cose giuste.

Prima delle presentazioni vado dalla parrucchiera africana sotto casa mia. Mi lava i capelli e mi fa la piega. Io sto lí, con lei, e con loro tre. Mi sembra che lei sappia. Anche se nessuno sa. Mi sembra che tutti sappiano, anche se nessuno sa.

(*Dopo*, dovrò tornare da lei. Resisterò qualche mese. Poi, cambierò parrucchiere. Entrare in quel negozio: non ci riesco piú).

È un mese perfetto. Da inizio gennaio a inizio febbraio.
Grazie per questo tempo, romanzo.
Grazie per questo tempo, Al Joe e Jack.

«Che fai oggi?» scrivo a Giulia. «Sto a casa a lavorare coi bambini, vuoi passare? Potremmo mangiare insieme a casa mia». «Sí. Io domenica vado a Milano. Chissà se torno con due, uno o nessuno». «Torni con il numero giusto, sono sicura», pausa, poi, «Cazzo già domenica». «Eh sí», pausa mia, «Allora vado a fare delle cose per il libro e poi passo da te ok?» La vita è quello che succede mentre combatti contro la paura? Oppure sono tutti gli attimi di gioia e inconsapevolezza che riesci a ricavarti per non farti prendere dalla paura?

Vado da Giulia. Devo rispondere a un'intervista telefonica, perciò mi chiudo nella camera dei suoi bambini. Quanto me la ricordo bene quell'intervista. Quando uscirà, sarà già successo tutto. Mi ricordo di me chiusa in quella camera di lettini e di giocattoli. Mi ricordo il cielo grigio di fine gennaio. Mi ricordo i tetti di Roma che si vedono dal quinto piano di casa di Giulia, a Furio Camillo. Mi ricordo che rispondo all'intervista, mentre tutto, tutto, è cosparso di questa sostanza appiccicosa che non so di che colore è, questa sostanza appiccicosa che è la consapevolezza che ci sono loro tre, e che non mi abbandona mai.

Mi ricordo che ordiniamo il cinese. Che io mangio poco, ma mangio. Mi ricordo il compagno di Giulia che torna a casa, ed è molto dolce con me. Mi ricordo che ridiamo, Giulia e io, mentre mangiamo. Nessuno parla di domenica, quando partirò per l'ospedale di Milano. Non so se Giulia o il suo compagno ci pensino. Di certo, io no.

E me ne frego anche del fatto se il cinese piaccia ad Al Joe e Jack.

Fumo una sigaretta.

Sabato faccio una passeggiata per Roma con Carlo. C'è anche il sole.

È il 30 gennaio. Entriamo in una chiesa in centro, dalle parti di Regina Coeli. Non ricordo quale sia. Sulla porta della chiesa c'è un cartello: ACCOMPAGNATELA PERCHÉ NON SBATTA. Carlo mi fa una foto, io che mi affaccio circospetta dalla porta, con la mascherina, e accanto a me spicca questa scritta: ACCOMPAGNATELA PERCHÉ NON SBATTA. La pubblico su instagram e i commenti sotto ridono, accompagnatemi perché io non sbatta, e nemmeno io so che tipo di messaggio cifrato alle stelle è questo che ho appena mandato.

È l'ultima foto a Roma che ho con loro. Ma non è ancora l'ultimo ricordo bello che ho.

Arriviamo a Milano la domenica sera. L'operazione è martedí. Martedí sarò a dodici settimane + 2. Un sacco di tempo passato con loro tre. Giulia: «Sono convinta che da mercoledí la situazione diventerà un minimo piú normale. Difficile ovviamente ma fattibile». «Sí però in questo momento nessuno sta pensando minimamente a che cazzo vado ad affrontare», (adesso sono lamentosa e rancorosa, e sto accusando anche Giulia senza avere il coraggio di accusarla, sono subdola e voglio creare senso di colpa, e faccio la vittima), «come se fosse una cosa normale. Cioè non so neanche se fa male, e quanto. Come starò. Come staranno. Boh. E solo perché io non chiedo commiserazione e faccio la dura» (ancora con 'sta storia). «Se ti può consolare io ci penso».

Qualche ora dopo mi scrive: «Mandami link albergo cosí so dove immaginarti».

Adesso a rileggere questo messaggio mi viene da piangere. Questa cosa che lei mi voglia immaginare.

Ho detto che scrivere questo libro non agisce piú su di me. Che non ha mai agito su di me; me lo sono immaginato. Non è vero (è vero, non è vero). Quando lo scrivo, sono gli unici momenti in cui non penso a questo presente inammissibile.

In cui, pur nell'immersione nel dolore e nei ricordi che non voglio ricordare, c'è un sottofondo di gioia. Perché sto scrivendo il mio libro.

Dopo tutto quello che mi ha abbandonata, questo resta. Questa testardaggine. Non si tratta di salvare. Non si tratta di redimere. Non si tratta di urgenza, né di necessità. Si tratta di cercare di creare qualcosa che abbia ancora un valore per me, di provarci con tutte le forze. Si tratta alla fine di esistere.

Qualche giorno prima di partire per Milano faccio una passeggiata con una mia amica. Via Urbana, via Leonina, via della Madonna dei Monti, via Tor de' Conti, largo Corrado Ricci, via dei Fori Imperiali.

Non c'è nessuno in giro. C'è il covid. Credo che sia fuori legge questa passeggiata ma non ricordo bene come e perché. La mia amica trentenne mi racconta di flirt, sesso, appuntamenti, feste clandestine. Mi chiede consigli e ride e ha i capelli biondissimi, la pelle liscia e gli occhi verdi. Io mi sento vecchia, e pesante con questi tre figli dentro, come se avessi mangiato troppo. Penso che non sono piú attraente per lei, piú attraente per nessuno. Da dentro; non ancora vista da fuori. Penso che vorrei raccontare di sesso, e flirt, e feste. E invece potrei raccontare solo di cazzi – inteso come grossi problemi –, solo di cazzi infiniti, di termini medici, gravidanze monocoriali triamniotiche, solo di punture sulla pancia – il Meropur, il Gonasi –, solo di cerotti Estraderm – ne metto uno ogni due giorni da non so piú quanto sulla pancia, mi irritano, mi fanno venire prurito –, di cortisone perché sono ipotiroidea e la tiroide ti vuol far abortire, e ovuli di Progeffik e pillole di Progynova, e non ho neanche voglia di un Bloody Mary, e non ne avrei neanche se fosse l'ora dell'aperitivo. Cammino e mi dico ma io, perché non sono come le altre madri? Che sono felici felici felici. E dormono i sonnellini pomeridiani dei giusti. Se fosse una gravidanza normale, avrei gli stessi pensieri.

Perché in fondo sono solo una madre di merda; o non sono una madre.

A piazza Venezia mi dice: «E tu, che mi racconti?»

Io vorrei fare un viaggio dall'altra parte del mondo in Messico in America a Panama in Brasile nella Terra del Fuoco alle Bahamas a Mauritius in Australia a Melbourne in Nuova Zelanda, io vorrei fare il bagno nell'oceano, ballare il reggaeton a Cuba tutta la notte bevendo rum tutta la notte, bere latte di cocco, Piña colada, respirare aria caraibica dire wooow, questa cosa non l'ho mai vista.

«Poi lo facciamo!» fa lei tutta eccitata.

«Sí!» dico.

Ehi – dicono loro tre.

Ditemi – dico io.

Ehi – dicono.

La prima sera a Milano c'è il coprifuoco e i ristoranti chiudono alle diciotto. Si può mangiare solo in albergo. Un brutto albergo, l'unico vicino alla clinica. Litigo con un cameriere con la faccia abbronzata perché ha la mascherina sotto il naso e parla troppo vicino ad Andrea. Quanto chiacchiera. Andrea per educazione non lo manda a cagare. Lo mando a cagare io.

Stiamo piuttosto bene.

Siamo totalmente inconsapevoli.

Chiacchieriamo del cibo orrendo – io non riesco a mangiare nulla, anche solo a leggere i nomi dei cibi sento gli odori nella testa e mi fanno vomitare – e di Al Joe e Jack.

Joe non ammette meno di un ristorante stellato. Se ne farà una ragione.

La notte è inconsapevole.

La mattina ci svegliamo presto, inconsapevoli.

Andiamo in ospedale.

Lo raggiungiamo a piedi, sono pochi minuti, costeggiando dei lavori stradali. La mascherina all'esterno è obbligatoria. Siamo del tutto inconsapevoli di cosa sta succedendo. Ci sembra una gita.

L'ospedale è rassicurante. Ti trattano tutti molto bene. Andrea deve aspettare nel corridoio fuori dal reparto – che nome orribile, Patologia Ostetrica (sapete quando pensate che nomi cosí non vi riguarderanno mai?) Entro, mi fanno compilare dei moduli, mi chiedono il gruppo sanguigno per l'operazione che farò domani. Io non lo so il mio gruppo sanguigno. La signora all'accettazione dice: «Come non lo sa, è fondamentale in gravidanza». Ma io non ho fatto tutte le altre analisi che, a quest'epoca della gravidanza, hanno fatto le altre donne. Questo mi spaventa. Perché non faccio le analisi che fanno tutte le altre madri in gravidanza? La razionalità dice: perché qui è questione di vita o di morte, è inutile farti le analisi di tre bambini che potrebbero morire (ma io quando arriva questa voce raziocinante la zittisco, e non ne parlo mai ad Andrea, che chiaramente non sa nulla di quanto c'è di strano nel non farci sentire il battito, non farmi fare le analisi, io persevero nel farmi trapassare da pensieri razionali come fossi fatta di acqua, o di aria, o di niente, e a cavalcare alla grande pensieri magici che basta volerlo davvero e si avvera; volerlo davvero, e dunque sarebbe colpa della mia parte mostruosa se). «Non può chiederlo a qualcuno?» «Cosa?» «Il gruppo sanguigno». «Solo a mia madre. Ma mia madre non sa niente, non sa che sono qui, non sa niente di tutto questo e...» «Va bene», la donna all'accettazione sorride, e mi sembra che capisca tutto, «adesso le facciamo fare un prelievo veloce».

Grazie.

Passo nella sala d'attesa. Quando sarà il mio turno potrò avvisare Andrea che ci raggiungerà nella stanza con le dottoresse che ho conosciuto un mese fa. Andrea fuori è sempre al telefono perché non è sul set ma dev'essere come se ci fosse. Io chatto sul romanzo con la casa editrice come non fossi lí al confine tra la vita e la morte ma a casa al caldo, poi chatto con amici che non sanno, inventando dove sono e perché, e poi chatto con Andrea.

La stanza delle dottoresse è molto grande. Tutta buia per vedere meglio l'ecografia. Sono gentilissime. Andrea è – spaventato? Non so qual è l'agg

(Oggi, 5 gennaio 2022, sto pensando: dato che è un momento troppo difficile da raccontare, invece di fermarmi per due ore a guardare il muro, la finestra, instagram, facebook, twitter, leggere notizie inutili, fumare un'altra sigaretta – un'Iqos e una sigaretta di tabacco, per la precisione –, sentire puzza di fumo che mi fa venire mal di testa, allontanare il posacenere pensando che cosí si allontani la puzza, pensare cosa c'è da mangiare?, voglio mangiare e basta, alzarmi, cercare, non c'è niente da mangiare e in piú ho un mal di testa atroce, e quindi ho la nausea, non la nausea giusta; invece di cercare qualcuno con cui chattare, invece di riguardare foto felici e/o tristi – tutte tranne quelle che mi servono per questo libro –, invece di cambiare posizione, divano con gambe incrociate e computer sulle gambe oppure seduta al tavolo con computer sulla scrivania, invece di pensare sono troppo miope non vedo piú niente, invece di pensare comunque io gli occhiali non me li metto e non me li metterò mai, invece di cercare una colonna sonora adatta per scrivere questo libro – non riesco a scrivere questo libro in silenzio, ma per ora l'unica colonna sonora che funziona è quella di *Lost* perché mi rassicura, ma non ne posso piú di ascoltarla –; invece di tutto questo potresti provare a proteggerti con la scrittura? Scrivere questa parte in versi? Scrivere solo frasi brevi, senza aggettivi? Oppure saltare e andare direttamente a quello che succede dopo? Osare e scrivere senza vocali? Pensa l'innovazione stilistica di scrivere senza vocali. Oppure boh, non lo so, scrivere solo dialogo? Senza descrizione. Proviamo. Prima però finisci la parola «aggettivo». E va bene).

ettivo.

No, un attimo (codarda).

Ieri, 4 gennaio 2022, ho visto *Madre!* di Darren Aronofsky. Rientra nella mia terapia d'urto, già dal titolo. Non proprio il titolo di un film che mi andrebbe di guardare. Ormai Andrea non mi chiede neanche piú: ce la fai?, perché ho già detto un milione di volte che ce la faccio benissimo (falsità totale). Che a me non mi tocca niente (del resto, sono passati dei mesi, ormai devi superarla questa cosa, mi direbbe lui, se io gli dicessi che non ce la faccio. Io non voglio che me lo dica. Perché se no, come l'unico testimone che ha assistito al delitto, dovrei ucciderlo. E non perché sia stato testimone di *questo* delitto – che ha fatto anche lui – ma perché se davvero dovessi comprendere la frase «ormai devi superarla questa cosa» dovrei prendere un coltello e squarciargli la gola. Ma non mi conviene. Sono troppo vecchia. Con chi ci riprovo, poi, a fare un figlio?) Guardando questo film – che ho proposto io – non smetto un attimo di agitarmi sul divano, e stavolta non perché ho paura dell'horror (ho *anche* paura dell'horror) ma perché sto aspettando il momento in cui il cuore va in pezzi. Va subito in pezzi, in realtà, perché se il film si chiama *Madre*... di cosa voglio che parli?

Ma io lo devo guardare. Mi devo dimostrare che ce la posso fare.

C'è una Jennifer Lawrence dalle tette pazzesche, giovanissima in ogni poro, innamorata pazza di un poeta in crisi piú grande di lei, Javier Bardem. Io ormai le donne giovani non le vedo piú come donne giovani. Mi sembra che stiano per scoppiare di gravidanza. Che siano un concentrato di ormoni, un frutto tipo i fichi quando stanno per esplodere e colano sostanza bianca che sembra latte, che siano un concentrato turgido di ormoni pronto a fare un miliardo di figli se solo le sfiori – non come me, che.

Non voglio raccontare il film.

Scusate se vi svelo delle cose, ma mi servono. A un certo punto, Bardem riesce finalmente a ricominciare a scrivere. Io mi sono sentita lui per tutto il tempo. La disperazione di quando non riesci a scrivere. La paura. E mi ha fatto un po' pena lei per tutto il tempo – alla fine, lei non ha niente nella vita, non vuole altro che un figlio (mi dicevo: io non sono cosí, io non sono mai stata cosí).

Poi quando rimane incinta non ce l'ho fatta piú. L'ho odiata. L'ho odiata la mattina dopo il sesso – il sesso fantastico con lui, quel sesso che non mi ricordo piú come si fa, quando non pensi che giorno dell'ovulazione è (e dopo: gambe in alto per far penetrare meglio gli spermatozoi, non ti alzare subito se no cadono, tutte stronzate che ho sempre saputo che sono stronzate; eppure le ho fatte, eccome; e non le faccio piú) –, l'ho odiata la mattina in cui si sveglia e dice al marito: sono incinta. Madonna quella faccia da santa. Da donna che ha capito tutto. Che il giorno dopo che scopa la prima volta col marito: è incinta. E lo sa. Ho odiato il sorriso che le fa lui quando lei glielo dice. L'ho invidiata come se fosse una storia vera, una persona vera. Questa stronza.

Poi nel film c'è un periodo di mezzo che non voglio raccontare. Comunque questo bambino che deve arrivare porta la fecondità anche sul lavoro. E poi esce il libro di Bardem ed è un trionfo. La stampa lo acclama. I fan lo acclamano. Lui, che era morto, è di nuovo vivo. E lei non vuole che vada nel mondo a godere i frutti di quello per cui ha tanto lottato. Gli dice: rimani con me, stiamo io e te.

«Ma smettila di rompere il cazzo!» ho detto alla tv. «Ma quanto rompe il cazzo, questa», ho detto ad Andrea.

E poi però c'è una scena in cui sono uno di fronte all'altra, fuori dalla casa.

Lei sta per partorire, ha questa pancia gigantesca, lui è chiamato a gran voce dai fan (quanto può essere felice, lui, di aver fatto un buon lavoro, finalmente? La felicità totale).

E mi è girata la testa. Ho detto: cristo. Ma io sono lui *e* sono lei. Sono Bardem e la sua ambizione. Sono Jennifer Lawrence e il suo unico pensiero di quel figlio.

Lei giovane, bionda, di fronte a lui piú vecchio, bruno, alto. Mi è sembrato di vedermi sdoppiata. Le mie parti opposte che si fronteggiano. Che si vogliono ammazzare a vicenda.

Mi sono sentita stupida, a essere una donna.

E poi ho pensato: ma Andrea mi vede come quella lí?

Io e la dottoressa della clinica di Y. ci sentiamo poco. Ma è lei che mi prescrive le medicine della Pma che devo prendere fino al terzo mese.

Il terzo mese arriva il 31 gennaio. La dodicesima settimana. Se fosse stata un'altra gravidanza, adesso sarei quasi al sicuro. La maggior parte degli aborti avviene nelle prime dodici settimane. Il 29 ho scritto un messaggio alla dottoressa della clinica di Y. Le ho riassunto la mia terapia e le ho chiesto come devo continuare.

Ha scritto un foglio con la prescrizione e mi ha mandato la foto via whatsapp. E io lo devo cercare, no?

Eccolo precisamente com'è, col grassetto, senza grassetto, e pure coi pallini.

Sig.ra Lattanzi valutare con ginecologo curante quando sospendere acido folico e aspirina

12 sett.:

- Stop estraderm
- 2 progynova matt. + 2 progynova sera
- ½ cpr deltacortene
- Un progeffik 200 mg alla mattina, uno al pomeriggio, uno alla sera (via vaginale)

13 sett.:

- 1 progynova mattina + 2 sera
- Stop deltacortene
- Un progeffik alla mattina e uno alla sera

14 sett.:

- 2 progynova sera
- Un progeffik alla sera

15 sett.:
- 1 progynova sera
- Stop progeffik

16 sett. termine della terapia

Io ho ringraziato tutta contenta e ho detto ok, come non stessi andando a fare questa operazione il 2 febbraio: quattro giorni dopo questo messaggio. Come se, ok: allora adesso scaliamo le medicine e poi finiamo con questa gravidanza strana. Da adesso in poi, sarà una gravidanza normale.

Sono andata a vedere il calendario dell'iPhone dell'anno scorso per ricordarmi bene i giorni. C'è ancora, al 31 gennaio 2021, il biglietto del treno. Viaggio Roma Termini - Milano Centrale, Frecciarossa 9548, carr. 7, posti 5B, 9B (Andrea è sempre contento quando non troviamo i posti vicini, cosí non gli rompo il cazzo che voglio parlare), PNR M2Z7AN.

Non lo avevo mai piú guardato. Quanto ti odio, Toni di un anno fa.

Quando arrivo a Milano il 31, dunque, ho appena iniziato a scalare le medicine della Pma. Quei pruriginosi cerotti sulla pancia non li metto piú. Quanto li rimpiangerò. Non finirò mai lo schemino che mi ha dato la dottoressa della clinica di Y.

Torno alla stanza grande, buia (scusate, prendo fiato, non ho il coraggio).

Mi stendo sul lettino, a gambe aperte. Accanto a me, c'è l'ecografo monitorato dalle dottoresse. Di fronte a me, sul muro, l'ecografia si vede in diretta tv. Dov'è Andrea?

Non lo ricordo. Se mi sforzo, lo trovo qui, alla mia destra. Ma non lo ricordo. La dottoressa che mi fa l'ecografia mi accarezza la gamba piegata sul lettino. Per un attimo. Mi viene da piangere. Non piango. Ho già pianto. Coi pianti, basta.

Mi passa la sonda dell'ecografo sulla pancia. Li vedo. Sullo schermo compaiono tre bambini alla dodicesima settimana + 4. Si muovono tantissimo. La dottoressa indica: «Questo è il primo, questo è il secondo, questo è il terzo». Sorride. «Queste sono le mani, questi sono i piedi, questa è la testa».

«Come stanno?»

Tutti e tre bene, tutti e tre benissimo. Chi l'avrebbe detto che non ne avremmo perso nemmeno uno per strada. Ci sono delle ossa spaccate dentro di me. Hanno fatto e fanno, molto spesso, rumore. La parte di sinistra vuole che stiano tutti e tre bene, e tira un sospiro di sollievo ogni volta che questo miracolo accade (tutti avevano detto che la possibilità che arrivassero tutti e tre qui era bassissima, molto piú bassa dell'acqua sempre bassa di Sabaudia). La parte di destra vuole che uno, o due, si *riassorbano* da soli – porca puttana, devi essere sincera: muoiano – in modo che la mia possa diventare una gravidanza gemellare, difficile ma piú gestibile, o una gravidanza singola. Una gravidanza normale.

(Devi sempre esagerare tu, o tutto o niente, mi ha detto mille volte Andrea, mi ha detto mille volte Giulia; è vero, io sono testarda, esagerata, voglio sempre tutto, e di piú, ma stavolta avrei voluto un'altra cosa che non ho mai avuto in vita mia: poter accostare alla parola «io» la parola «normale». I miei amici si divertono perché io sono strana. Tu sei pazza, me lo dicono sempre. Tu non sei normale, me lo dicono sempre. Io faccio finta di divertirmi, e da bambina mi divertivo a non essere normale. Ora non mi diverto piú. Sai quella donna della mia età con gli orecchini abbinati alla collana e i capelli perfetti e i vestiti indossati con gusto e la borsa giusta? Voglio essere io).

Stanno tutti e tre bene e io sono il diavolo e l'angelo e sono felicissima e sono incazzatissima. Perché state mettendo in pericolo la vita dei vostri fratelli? Perché uno, o due di voi, non sono scomparsi da sé? Non sono pensieri da madre. Non sono pensieri che vengono a galla. Io voglio che vivano tutti, e stiano bene. Ma qui devo essere sincera e allora.

Si muovono, la ginecologa mi spinge sulla pancia per farli spostare, adesso lo vedo Andrea alla mia destra, mi ricordo Andrea e io che gli dico guardali, e lui li guarda, e la dottoressa come fosse una gravidanza qualunque dice guardateli. E poi, mentre in silenzio prende le misure e parla con le sue colleghe dice, con un tono piano come dicesse oggi, domani, en passant: «Sono femmine».

Io li ho sempre pensati maschi. Ero convinta. Invece sono femmine. Non sono mai arrivata a sapere il sesso dei bambini che non ho avuto. Non l'ho chiesto. Non me l'hanno mai detto. Sono femmine. E adesso, che so che sesso hanno, sono inconfutabilmente qui. Non sono feti, non sono sagome impresse su un'ecografia, non sono Al Joe e Jack. Sono le mie tre figlie. Penso: sarà contenta, mia madre, che sono tre femmine. Anche mia sorella. A loro sono sempre piaciute le femmine. Tre femmine identiche che – ho visto nel gruppo di gravidanze monocoriali biamniotiche a cui sono iscritta – neanche le mamme all'inizio sanno distinguere («che faccio, mamme, gli metto dei braccialetti di colore diverso al polso?» e ridono sui post). Tre femmine. Le mie tre figlie femmine.

Tre figlie con gli stessi occhi, le stesse orecchie, lo stesso colore di capelli, le stesse mani, gli stessi piedi, la stessa faccia, la stessa altezza. Tre femmine un po' inquietanti da vedere tutte identiche, come fossero dei robot, tre femmine che diranno: papà, papà, papà.

Loro sono le mie tre figlie. Sono vere. Vivono. E io sono la madre.

La stanza esplode in mille coriandoli di questa gioia sconfinata che non ha alcun senso di essere qui. Odio il mondo, perché non vorrebbe che io fossi felice. Perché non ha senso essere felice. E invece io sono felice e Andrea è felice e sono tre femmine e sono le nostre e noi avremo tre bambine. Ormai è sicuro.

Di sfuggita, vediamo una faccia. Un attimo di morfologica – l'esame che fotografa i bambini proprio come sono, una fotografia vera –, per un attimo vediamo la faccia di una di loro, il naso gli occhi la bocca, la vediamo gialla in fotografia. E poi sparisce. La dottoressa non ci dice: questa è la morfologica. Io lo so che è cosí perché sono una donna e ho visto le morfologiche delle mie amiche.

È il momento in cui le amiche ti dicono: guarda che nasino che ha. A chi somiglia?

Dura un attimo, ce l'ho impressa solo qui, nella mente, questa foto. Non l'ho mai avuta. Non me l'hanno mai data. Lo dirò poi ad Andrea: hai visto quella foto gialla? Come passare dal cinema in bianco e nero al cinema a colori. Dal muto al sonoro.

Chi eri, tu? L'unica mia figlia femmina che ho visto in faccia. Chi eri? Chi dovevi essere?

«Io non ce la faccio a scrivere», dico, oggi, ad Andrea. È il 27 gennaio. Per riprendere il coraggio di scrivere questa parte del libro, ci ho messo quasi un mese. Non voglio scrivere. «Non puoi scrivere tu?»

«Come io?» dice lui.

«Tu la sai, la storia».

«E che facciamo», ride, «un romanzo a quattro mani?»

Io penso: due, quattro, sei, otto, dieci (non so fare i calcoli, l'ho detto: devo contare) mani. Un romanzo a dieci mani.

La vedo per un attimo, mia figlia.

La bocca, il naso, la fronte, gli occhi, il mento. Tutti gialli e un po' strani, come sempre in una morfologica. Una bambina extraterrestre. La vedo un attimo. Una di loro. Chi, di voi tre?

«Stanno tutte e tre benissimo».

È la prima volta che qualcuno usa il femminile per loro.

E i cuori. Questa volta esplodono per tutta la stanza, questi tre cuori. Battono veloci veloci. Un suono che ti fa impazzire. Un suono che dà dipendenza, lo vorresti sentire per sempre.

Li vedi piccoli piccoli, blu e rossi, sull'ecografo, pompare. Essere vivi. Vedi le linee che si alzano e abbassano come gli stati d'animo di mia madre quando eravamo bambine, come gli stati d'animo miei da quando mi ricordo. Ma questa volta questo su e giú non è la *stranezza*, è la vita.

Il cuore, la mano, la faccia, guarda, sí guardo, guardate, stanno tutte e tre benissimo.

E invece di essere felici, in qualche modo dobbiamo dispiacerci anche ora. Me lo sono dimenticato, per qualche attimo, che siamo qui per *ridurre* una di loro. Che siamo arrivati a Milano in cinque ma di certo non torneremo in cinque. In qualche modo, dobbiamo dispiacerci ancora. Abbiamo aspettato fino alla dodicesima settimana + 4 per l'operazione perché è il limite ultimo per abortirne uno.

In questo mese – i medici mi avevano spiegato con eufemismi – dovevamo sperare che uno o due *non ce la facessero* da soli. E, se uno di loro tre, a questa analisi cosí avanzata, avesse avuto un problema, sarebbe stato obbligatorio decidere: *riduciamo* questo, o *questi due*. Perché tanto non ce la faranno.

Ma abbiamo tre bambine bellissime, robuste, sane. Le abbiamo con noi. Sono qui: stanno tutte e tre cosí bene che la ginecologa mi chiede se per caso ho fatto l'ovodonazione – cioè, se gli ovuli non sono miei, ma di una donna piú giovane – perché, dalle caratteristiche che hanno, sembrano provenire da ovuli piú giovani.

«Antonella, sei sicura che gli ovuli sono tuoi? È importante per l'operazione. Perché sai, a volte, per vergogna, alcune donne...»

Sí. Sono miei. Gli ovuli. E le figlie.

I valori sono giusti. È tutto giusto. Quando, domani, usciremo da questo ospedale dopo l'operazione, almeno una di loro tre non ci sarà piú. Almeno, non devo decidere io quale. Ciao, vorrei dire a una di queste bambine. Ma non ce la faccio. Non posso. Non voglio. Nemmeno ora mentre scrivo, voglio. Non penso ciao. Penso: a domani. E poi, rido: ma che a domani. Voi tre, uscendo da questa stanza, da questo ospedale, qualsiasi cosa io faccia state sempre con me.

Ci saranno tre bambine, ho pensato prima, convinta.

E anche adesso lo penso, mentre usciamo da lí. Andrea e io giochiamo ai numeri ma i numeri non valgono niente. Uno, due, tre: la matematica si frantuma nelle nostre menti da pazzi. Non capiamo cosa siamo venuti a fare qui. Non capiamo cosa faremo domani.

Andiamo a prenderci un caffè, a fare una colazione, pieni di gioia. Ma come possiamo essere cosí pazzi? Scrivo a Giulia: «Sono femmine, stanno benissimo!» Scrivo nel gruppo che ho con Bianca e Ada: «Sono femmine, stanno benissimo!»

«Femmine, oddio, sono femmine!» rispondono loro. E cuori ed emoticon ed evviva e che dolci e che belle, sulle chat.

Scrivo al dottor S.: «Buongiorno dottore. Siamo appena usciti dall'ospedale. Sono femmine...» E poi a capo: «Stanno tutte e tre bene». E poi, a capo: «Domani facciamo intervento». E poi, a capo: «Ora le fotografo il referto e glielo mando». Abbiamo sempre fatto cosí. Quando faccio delle analisi altrove, gliele fotografo e gliele mando. Lui mi chiama immediatamente, con quella sua voce da padre. Mi dice forza, andrà tutto bene, e poi io gli dico: «Adesso le mando i referti». E lui: «Non serve, ci sentiamo domani». Mi stona un po'. Perché non vuole vedere le mie tre bambine?

Usciti dalla stanza dell'ecografia, le dottoresse ci hanno ripetuto tutti i rischi (questa è la prima volta che Andrea li sente dal vivo): i rischi se scegliessimo di tenerne tre (una volta, quando ero molto giovane, la mia migliore amica, la mia fidanzata, la mia, è morta. Qualcuno quel giorno mi disse: «Raccomandala a dio». Le dottoresse non lo dicono, non loro. Ma se scegliessi di tenerle tutte e tre l'unica cosa che potrei fare è di raccomandarmi a dio. Io però non sono una da potersi raccomandare a qualcun altro). I rischi dell'operazione: un quaranta percento di riuscita. I rischi se l'operazione va bene e ne sopravvivono due. Rischi infiniti, ogni momento, fino alla nascita e anche dopo.

Ascoltiamo ma siamo pazzi e non capiamo.

«Siete pronti?»

«Siamo pronti».

«Allora, a domani. Adesso, cercate di distrarvi».

Non ce lo facciamo dire due volte. Tanto noi di quel che accade davvero non stiamo capendo un cazzo.

1° febbraio 2021. Ore 14.48. Lo stesso giorno che ho appena raccontato, un paio d'ore dopo.

Nella chat con Bianca e Ada, Bianca inizia un messaggio cosí: «Desidero candidare al premio Strega *Questo giorno che incombe* di Antonella Lattanzi».

Lo so che crederci è impossibile, ma proprio il giorno in cui scopro che le mie figlie sono femmine, lo Strega annuncia i primi candidati al premio. Nella prima tornata ci sono io.

Mi sommerge una valanga di messaggi felici, amici, colleghi, editori. Si riempiono i siti delle prime candidature. Io sto camminando per Milano, subito dopo la visita, e non posso spiegare che sono felice di aver visto quelle bambine, euforica, e felice di questo annuncio. Chiamo mia madre e le dico: «Hai visto mamma? Siamo allo Strega!» Le dico che il percorso è lungo, che questa candidatura è solo un primo passo. Le dico di stare coi piedi per terra (*La storia infinita*: «Bastian, è ora che tu scenda dalle nuvole e impari a tenere i piedi per terra». Ma io non voglio stare coi piedi per terra!) Cammino per via Dante, è gigantesca, c'è piazza Castello di fronte a me, la maggior parte dei musei è chiusa per il covid ma noi ci faremo un giro nei giardini del castello, camminiamo in questa città grande, che sto amando, e sono al settimo cielo.

A mia madre non dico niente delle mie bambine. Alla casa editrice non dico niente. Rispondo a mail, telefonate, messaggi. Siamo eccitatissimi. Io dico: è un segno. È tutto un segno.

Quando vuoi che sia un segno, tutto lo è.

Quel giorno ce la spassiamo. Giriamo per Milano senza mai fermarci. Non ci pensiamo mai, a cosa dovrà succedere domani.

Mangio un risotto alla milanese, e Andrea l'ossobuco che gli piace tanto. Siamo i primi visitatori di un piccolo museo appena riaperto dopo le restrizioni del covid.

Torniamo in albergo a sera.

Facciamo un aperitivo. Io bevo un bicchiere di prosecco (pure due).

Siamo completamente pazzi.

«Come le chiamiamo?» dico io.

Penso che lui mi dirà ma è presto, cosa dici, domani ci aspetta... E invece.

«Uno lo scegli tu, uno io. Tanto ne abbiamo due. Ok?» (due, diciamo, come non stesse succedendo niente; ma non capiamo quello che diciamo).

«Ok».

Io: «Io voglio chiamarla Annalena virgola Angela», il secondo nome, come quello di mia madre.

Lui: «Io Bianca virgola Cristina». Il secondo nome, come quello di sua madre.

Io dico: «Affare fatto».

Lui dice: «Affare fatto».

Brindiamo alle nostre due bambine. Ad Annalena e Bianca.

«Però c'è un problema», faccio, seria.

Un *altro* problema? «Quale?» fa lui sul chi va là.

«A Bari, lo sai come pronunceranno il nome Annalena? Tipo Annaléna», e stringo la vocale, ed esagero la cadenza.

«Annaléna», ripete lui, e ride, imitando male la mia lingua, «e che problema c'è».

Senza pensare nemmeno che, il giorno dopo, almeno una di loro tre di certo non ci sarà piú.

Il giorno dopo abbiamo paura.

Io tiro fuori i referti con le ecografie e dico ad Andrea: «Guardale. È l'ultima volta che guardi una di loro».

Lui dice: «Smettila».

Camminiamo rasente ai lavori di ristrutturazione di una strada, verso l'ospedale. Stiamo zitti.

Come ieri, nella sala d'attesa posso entrare solo io. Mi fanno compilare un questionario in cui sono informata di tutto quello che può accadere.

Andrea mi scrive di continuo. «Che fai? Aspetti?» «Aspetto». Tutto intorno a me, donne incinte, con le pance. Sono una di voi, e sono molto orgogliosa di me. Per la prima volta, non vi invidio.

Voglio distrarmi e scorro facebook. Scrivo pure un post cretino, una cosa a proposito di smalti e unghie (quanto odio quel post, quanto odio me in quel momento, quanto odio quel post di ennesima rimozione. Mi sembra un insulto, quel post. Mi sembra un atto di tracotanza). Stanotte ho sognato di nuovo che il mio lavoro veniva distrutto dalla mia gravidanza. Mi sono svegliata con un senso di nero totale. E tu, mi dico, lo sai invece cosa sognano le altre donne incinte?

Mi chiamano. Mi fanno spogliare. «Sto entrando», scrivo ad Andrea. Non può assistere all'operazione, ma appena finiremo chiameranno anche lui e mi raggiungerà.

Tu sei una donna, e devi fare sempre tutto da sola. Il corpo dentro il quale ci sono queste bambine è il tuo. Fattene una ragione.

Mi fanno stendere su una barella con la camicia da notte dell'ospedale. Non è prevista l'anestesia totale, ma un calmante sí. Quanto Xanax posso prendere? Io ne prendo già di mio, nei momenti difficili, e non mi fa mai niente. Voglio tutto lo Xanax che c'è. Me lo danno. Delle tirocinanti seguiranno l'operazione. Sono giovani e parlano e ridono e una di loro ha ricci biondissimi e una di loro è incinta e io le odio.

Aspetto un secolo su quella barella. Lo Xanax non mi fa nessun effetto. Mi opererà un medico che non ho mai visto, ma la dottoressa che ho conosciuto qui un mese fa è sempre con me. Cerca di farmi ridere. Distrarmi.

Mi portano dentro una stanza. Non è una sala operatoria. È un'operazione di vita o di morte, ma è un'operazione ambulatoriale. Dopo, dovrò rimanere un paio d'ore in osservazione lí. Per capire come reagiscono le bambine – i feti – alla riduzione. Poi, potrò andare in albergo. Dovrò aspettare la notte. La mattina dopo, capire come stanno. Se stanno bene, potrò tornare a Roma. La morte dei restanti due avviene di solito entro le 72 ore, mi hanno detto. Poi comincia il resto – difficilissimo, ma meno difficile – di questa gravidanza.

Ma sono parole.

C'è il sole a Milano. Prima di entrare vediamo tante donne incinte e tante coppie coi passeggini con bambini appena nati entrare e uscire dall'ospedale. Molti sono gemellari. Io li guardo ipnotizzata. Li guardo e penso: quando sarò io. Non vedo l'ora.

Ad Andrea non lo dico. Ma è lui che mi sorride, guarda i passeggini e dice: «Quanti tipi diversi di passeggini gemellari ci sono. Dovremo capire qual è il migliore e prendere quello».

C'è tanto sole. Mi credi, tu che mi leggi, che io me lo ricordo come un momento abbagliante? Una specie di incredibile «noi».

Adesso mi portano nella stanza dove farò l'operazione.

Il test del covid è uguale al test di gravidanza.

Dal 18 al 23 gennaio 2022 vado in Spagna per lavoro.

Siamo nel pieno della variante Omicron.

Per entrare in Spagna non serve il tampone rapido. Per tornare in Italia, sí. Se al momento di tornare sei positivo, devi rimanere in quarantena in Spagna.

Io ho ragione di temere che questo test sarà positivo. Sono con una mia cara amica, che mi ha raggiunto lí per stare un po' insieme. Abbiamo passato dei giorni molto belli. L'infermiera che ci farà il test arriva nel nostro albergo la sera prima della nostra partenza per Roma. Prende i test. Li mette sul tavolino. Come per un test di gravidanza, deve apparire una linea rossa, per indicare che il test è corretto. Se appare la seconda sei positivo.

Aspettiamo morendo di ansia. Prima linea. Tutto giusto. Io, che ho fatto un milione di test di gravidanza, so che quando è positivo la seconda linea appare subito. Passano i secondi, e la seconda linea non appare. Io lo so già che è negativo.

Dico alla mia amica: «Se non è apparsa non appare. È come un test di gravidanza».

Mi scappa questa frase, io che di questa storia non voglio mai parlare. Se non lo nomini, non c'è. Non lo so che effetto fa a lei, questa frase. Ma non reagisce, non coglie. So che lo fa per me.

Guardiamo questi test.

La mia mente chissà che sta pensando. Il mio corpo

chissà che dice. Da mesi e mesi, ormai anni, faccio test di continuo. Alcuni prego che siano positivi – quelli di gravidanza – e altri – quelli del covid – spero che siano negativi. Sono arrivata a pensare che se speri che sia positivo diventa sicuro negativo, e viceversa. In quei secondi non spero niente. Cosí la sorte non mi sente. Il test è negativo. La seconda linea non appare.

Non sono incinta.

Ah, no, non ho il covid.

E quindi esulto, abbraccio, sono felice di non avere il covid e non rimanere in quarantena, sola, in un albergo in Spagna mentre la mente – che è molto piú elementare – mi dice ti vuoi decidere? Cosa devo sperare? Positivo o negativo?

È il 27 gennaio 2022. Ancora. Non voglio spiegare adesso perché, ma gli ultimi mesi sono stati di nuovo molto duri dal punto di vista di questa storia. Non voglio spiegare perché, e non lo spiegherò – questo non è un diario –, ma il coronavirus si è di nuovo intrecciato con questa storia, io dovevo fuggirlo e passavo il natale e tutte le feste murata in casa, mentre scivolavo di nuovo in un vortice di cliniche di fecondazione, terapie, punture e frustrazioni («Non puoi fare nessun viaggio, rischi di prenderti il covid, ti devi concentrare su questa cosa», mi diceva severa Giulia a natale. E io: «Ma se mi concentro solo su questa cosa e poi va ancora male?» E infatti). Il 31 dicembre, dopo un ennesimo tentativo andato male, il ginecologo mi fa fare una puntura di una medicina che si chiama Gonasi. Serve per far scoppiare i follicoli. Fate sesso l'1, 2 e 3 gennaio, ci prescrive. Noi, in questo periodo, litighiamo. Immagina una giornata in cui litighi ogni minuto col tuo uomo, e lo odi, e lui litiga ogni minuto con te, e ti odia, e poi arriva il momento in cui devi scopare, fare sesso: come lo vuoi chiamare. *Devi.* Immagina che bello.

Eppure, lo facciamo. Cosa possiamo fare. Ormai siamo cosí.

O meglio. Lo facciamo due dei tre giorni. Il terzo non ne possiamo piú. Io vado in camera. Lui dorme sul divano. Come sempre. Cosí, o il contrario.

Il 9 gennaio faccio un test Clearblue. Non ci sono nemmeno le lineette. C'è scritto proprio, in grande: INCINTA / NON INCINTA.

Io, che ho imparato, non spero niente mentre aspetto. Faccio altre cose, rispondo a messaggi, metto a posto la casa (io, che non metto a posto mai). Poi, compare: INCINTA.

Io credo ancora a quel miracolo che mi hanno detto amici, conoscenti, forum su internet: «Quando meno te lo aspetti, avverrà naturalmente». Questo non è proprio naturale. C'è una stimolazione ovarica e una puntura di Gonasi, contenente gonadotropina corionica, cioè l'ormone della gravidanza, che serve a far avvenire l'ovulazione al momento giusto. Io, che dentro il Gonasi c'è l'ormone della gravidanza, non lo so. Scrivo a Giulia: «Lo so che è troppo presto, ma»: e le posto la foto del test con scritto INCINTA.

Lei mi chiama, «Sei pazza?» mi dice. «Mi hai fatto venire un infarto». Io dico fai presto, ad Andrea non voglio dirlo, sta per tornare a casa, voglio capire prima se è un falso positivo. Lei mi dice: «Non ho mai saputo di falsi positivi. Piuttosto falsi negativi». Ci mettiamo a cercare su tutti i siti del mondo quando può arrivare un falso positivo. Andrea potrebbe tornare a minuti. Io penso: il miracolo è successo. Sono proprio sicura: il miracolo è successo. Mi siedo sul divano. Il sole entra dalla finestra, in salotto. Io penso eccoti, sei qui. Basta con le torture. Basta. Eccoti qui, in un modo *normale*. Mi sento di nuovo onnipotente.

Poi la mia amica mi manda uno screenshot: di solito non esistono falsi positivi. Tra i pochissimi, ci sono quelli che possono arrivare se si sta facendo una terapia ormonale con gonadotropina corionica. Quella che sto facendo io. Ma non è detto che sia un falso positivo. Ho pur sempre fatto una stimolazione ovarica e una puntura per far scoppiare i follicoli e ho seguito le prescrizioni mediche su quando dovevamo fare sesso. Faccio finta di crederci, è troppo presto, l'ovulazione dovrebbe essere stata una settimana fa ed è troppo presto perché un test rilevi una gravidanza. Ma non impossibile. Lei mi dice: «Dai aspetta una decina di giorni e poi rifallo». «Ma non sarà», dico io. «Eh, purtroppo forse no», dice lei. Faccio finta di crederci: ah, ok, è andata male.

Non dico niente ad Andrea. «Che hai?» mi dice quando torna a casa.

E io cosa posso dirgli. «Niente».

«Hai una faccia strana».

«No no, niente».

Faccio finta di crederci, con la mia amica e con una dottoressa del nuovo centro a cui mi sono rivolta e a cui ho chiesto lumi e che mi ha detto di riprovare il test dopo quindici giorni. Sí sí, certo. Avoglia.

Dal giorno dopo, mi faccio ogni giorno un test. Spendo centinaia di euro. La gonadotropina corionica del Gonasi rimane in circolo per un minimo di dieci, un massimo di circa quindici giorni. Io ho fatto la puntura il 31. Ho davanti a me un mare di giorni (che controllo e ricontrollo compulsivamente sul calendario per vedere precisamente quanti sono e sperando che se li guardi piú e piú volte passino piú in fretta) per capire se quel positivo è vero, o è dato dalla puntura che ho fatto. Mi dico che devo lavorare, e lavoro, lavoro sempre, e faccio finta di essere in me, ma.

Impazzisco.

Riprendo a leggere qualsiasi forum, questa volta su Gonasi e falsi positivi.

Sono da sempre un'ossessivo-compulsiva.

Prometto alla mia amica che non mi farò piú test per almeno dieci giorni.

Invece. Mi metto a camminare e raggiungo farmacie lontane da casa mia, per non farmi riconoscere. Macino chilometri. Prendo un test qui, uno là, perché mi vergogno a chiedere tre, quattro test a una sola farmacia. Macino chilometri e ansia. Faccio un test al giorno. La mattina, appena sveglia. Resisto alla tentazione di farne due, tre al giorno: sono bravissima. Imbosco i test usati per non farli trovare ad Andrea. Li avvolgo nella carta igienica e li spingo in fondo al cestino. Oppure me li metto in borsa e quando esco di casa li butto. Butto tutti questi test con scritto: Incinta. Incinta. Incinta. Incinta. Incinta. Incinta. Incinta. Incinta. Incinta. Per nove volte, per nove giorni, il test mi sbatte in faccia la parola INCINTA, senza ombra di dubbio. Potete immaginare quei nove giorni? Mentre si avvicina sempre di piú la data di scadenza del Gonasi, il momento in cui è ormai fuori dal corpo. I giorni durano secoli, ma io continuo a essere INCINTA. Una sera che sono a un evento di lavoro, in cui devo essere interessante e brillante e intelligente, sento le mutandine bagnate.

Vado in bagno e sono rosse.

Queste mestruazioni.

E io non sono incinta.

Neanche coi miracoli che quando meno te lo aspetti.

Lí, in quei nove giorni ossessivo-compulsivi, in quei giorni in cui ho lasciato che l'ossessivo-compulsività mi invasasse, in cui le ho lasciato tutto il campo libero, ho toccato il picco piú basso della mia umiliazione.

Non racconto a nessuno questa storia dei mille test di gravidanza. A chi potrei raccontarla senza che mi dica: sei pazza. A nessuno, la racconto. Penso di aver perso il cervello, in quei nove giorni.

Eppure, quando il giorno dopo vado in Spagna e dopo poco la mia cara amica arriva a Madrid, riesco a passare dei giorni di spensieratezza con lei. Non penso piú a niente. Sono a Madrid. Siamo insieme. Se fossi stata a Roma, avrei torturato me stessa e Andrea (senza dirgli il perché della tortura). E l'avrei odiato perché lui si sarebbe sentito torturato. E invece io, non dicendogli niente, non facendolo sperare come ho sperato io per nove giorni, non facendogli vedere per nove giorni la scritta INCINTA, l'ho preservato.

Non saprà mai di questi test. Non saprà mai di questa mia pazzia, e questa disperazione.

Ma le persone non sanno mai quello che fai per loro. E tu non sai mai quello che fanno per te.

In quei giorni con la mia amica, a Madrid, non penso piú a niente, solo al fatto che siamo qui, insieme.

Ripiombo a Roma, ripiombo nell'orrore.

I miei genitori, quando ero incinta e poi con quello che è successo dopo, non mi hanno vista per molti mesi. Ho trovato mille scuse per non andare a Bari a trovarli.

Avranno pensato che sono una cattiva figlia (e in realtà, per altri motivi lo sono). Non sanno che l'ho fatto per me, perché non riuscivo a fingere, ma anche per loro.

Mi capita cosí tante volte, tacendo cosí tante cose di me, che le altre persone non sappiano quello che faccio per loro.

Chissà quanto di ciò che fanno gli altri per me, non so io.

È per questo che non sono riuscita piú a scrivere questo libro per venti giorni. Perché dovevo affrontare un momento troppo difficile da scrivere – ed era reale, nel passato ma reale –, mentre la realtà di oggi, e oggi, e oggi mi impone di non poter mai uscire da quel giro. Quando ero piccola, come tutti, giocavo all'hula hoop. Gira gira gira questo cerchio intorno a te, e tu muovi le anche, e non esci nemmeno tu dal cerchio.

Non voglio essere definita da queste cose: la gravidanza nel passato, l'angoscia della gravidanza nel presente. Da questo hula hoop che gira che ti rigira inizia col nome gravidanza e finisce col nome gravidanza.

Non sono questa, io.

Sono pronta. Adesso ritorno a quel 2 febbraio 2021.

Sono stesa sulla barella, nella stanza adibita a sala operatoria. Mi spiegano come avverrà l'operazione. Me l'hanno già spiegato, ma adesso me lo spiegano di nuovo.

Le tirocinanti sono tutte intorno, zitte. Entra il medico che mi opererà, gentile, ma non lo conosco. È stupido, ma vorrei solo donne intorno a me, ora, e solo donne che conosco. La dottoressa che ha seguito tutto l'iter milanese con me è qui. Mi sorride. Mi stringe la mano, forza. Si siede accanto al medico che mi opererà, di fronte allo schermo dell'ecografo. Io vedo tutto.

Mi spiegano passo passo quello che succede. Io dovrò rimanere sveglia. Quanto vorrei dormire. «Rilàssati». Mi passano il gel per le ecografie sulla pancia. Guardiamo. Una voce nella testa mi dice non guardare. Io guardo. Guardo tutto. Nell'ecografia appaiono loro tre, allegre. Si muovono e crescono. I cuoricini sono blu e rossi e battono fortissimo. Il medico mi sparge una sostanza rossa sulla pancia. Hanno deciso quale di loro tre *ridurre*. Adesso, mi farà una puntura. La puntura fermerà il cuore di (scrivo, cancello, riscrivo), di quella di loro tre che hanno deciso di *ridurre* e poi chiuderanno il cordone ombelicale perché non contagi le altre. Puntano l'ago nel punto in cui – il punto in cui io dovrei proteggerla – c'è lei. E invece le sto dicendo: muori. L'ago affonda nella pancia. Sento dolore, sí, ma che cazzo me ne frega del dolore ora. È solo un rimbombo lontano. Il medico spinge, e spinge, e affonda l'ago nella mia pancia.

Io sono un'appassionata di cronaca nera. Sapete quante volte una persona che ne sta uccidendo un'altra sbalordisce perché tutti pensiamo che basti stringere le mani intorno al collo di una persona e quella muore? Basti affondare un coltello in una persona e quella muore? Io lo so che non è cosí. Quante volte ho sentito nelle confessioni o negli incidenti probatori l'assassino dire: «Io stringevo. Spingevo. Non moriva. Non moriva mai». Ma non l'avevo mai visto, prima d'ora.

E mentre il medico spinge e spinge l'ago dentro la mia pancia, sempre piú forte, e tutti guardano il monitor, e anche io, li vedo: i tre cuori che resistono. Non muore. Non riesce a morire, penso. Smetti di guardare, ti prego. Non smetto. Ci sono queste linee cosí belle del grafico, questo battito stupendo, queste belle linee del cuore che battono tutte e tre. E poi, di colpo. Una linea si fa dritta. Il rumore si fa uniforme ed è la morte. Un cuore non c'è piú.

E io scoppio a piangere. Ma senza suoni, solo lacrime. Quello che è successo è pure colpa mia. Nessuno mi ha costretto. Ho scelto io. Potevo sempre affidarmi al signore.

Mi dicono qualcosa di confortante, passano ancora l'ecografo sulla mia pancia. «Dobbiamo controllare come stanno le altre due».

Devono vedere se, di colpo, tutto quel sangue, quel nutrimento che davo io, io, a loro, e che era cosí ben diviso tra loro tre, una volta che sono rimaste in due le ha uccise. Una botta di sangue e di nutrimento e di essere madre troppo forte. Ma loro battono. Sono allegre. Si muovono. Se sopravvivono, il corpicino di mia figlia che ho deciso di lasciar morire rimarrà dentro di me fino al parto. Ma chi sono io per lamentarmi. Se sopravvivono, sono loro due che dovranno convivere con la sorella, morta. Dovranno vivere con lei. Adesso non siamo piú in cinque. Adesso siamo in quattro.

Io piango, non smetto di piangere quando mi dicono che per ora è andato tutto bene, quell'immagine stampata in testa del cuore di mia figlia che smette di battere è un horror, non è un caso di *Un giorno in pretura*, è un horror, non può essere reale, quell'immagine del cuore che smette di battere è impossibile, non si può accettare.

Io piango, non smetto di piangere quando fanno entrare Andrea tutto bardato che farebbe ridere – sovrascarpe, veste e cuffia verde da ospedale – e gli dicono che per ora è andato tutto bene, devo rimanere in osservazione senza muovermi di un centimetro, lí, per un paio d'ore, non smetto di piangere quando Andrea si siede accanto a me, mi parla, mi tiene la mano e io mi addormento, non smetto quando mi sveglio e poi mi riaddormento. Dopo due ore mi controllano. Loro due hanno resistito. Loro due ci sono ancora.

Cos'è, vedere un feto fermo, immobile, come i bambini di *It* che galleggiano, nell'ecografia, senza piú battito, senza piú alcun colore blu e rosso. Cos'è, è impossibile. Una macchia scura in bianco e nero con una testa un corpo due braccia due mani due gambe, che non si muove piú.

Le altre due stanno bene. Le altre due si muovono e io spero che scherzino tra loro. Mi sembra che scherzino. Mi convinco che scherzino.

«Hai visto, stanno bene», dice Andrea. «Domani mattina alle nove venite per l'ecografia, se è tutto a posto potete tornare a Roma». «Siamo in treno, è pericoloso?» dico io. «No no, molto meglio il treno della macchina». Questa frase mi rincuora. Non so perché, mi fa pensare alla normalità. Noi due e le nostre due figlie verso Roma.

Usciamo dall'ospedale camminando pianissimo. Andrea mi sorregge. Non ho bisogno di essere sorretta. Cioè, non ho *fisicamente* bisogno di essere sorretta. Si allarga un livido dove mi hanno fatto la puntura, sulla pancia.

Quel livido ci metterà un mese a sparire. Ogni volta che lo vedrò, sarà come qualcuno che ti mette una mano sulla testa e te la sbatte. Ti dice: impazzisci, su. E tu non vuoi impazzire.

L'albergo è a pochi metri, ma Andrea, che per indole è sempre tranquillo – pure troppo –, sempre pacato – pure troppo –, sempre gentile con gli sconosciuti – pure troppo –, si fionda in un taxi: «La porti all'albergo», e dice il nome e l'indirizzo, «per favore». «Ma è troppo vicino», fa il tassista. Lui diventa minaccioso, dice: «Ha fatto un'operazione, non può camminare. La porti».

Io guardo Milano, anzi non guardo Milano guardo le persone, e le strade, e il sole, e forse sono ancora stordita dai medicinali per cui li vedo come in un sogno. Mi sembra che loro siano in paradiso. E io in un taxi che mi porta al limbo.

In albergo mi stendo sul letto.

17.30.

Ada: «Dai. Adesso riposati e se puoi mangia una cosa molto buona».

Io: «Non posso, alle sei e mezzo ho una telefonata importante sul libro».

Bianca: «Per forza? Non puoi rimandare?»

Io: «No».

(Certo che potrei, in qualche modo potrei, ma non posso).

20.59.

Bianca: «Come va? Hai mangiato?»

Io: «Un minestrone di merda nel ristorante di merda di questo albergo di merda» e tre faccine che ridono fino alle lacrime. «Giornatona».

Bianca: «Madonna. Dobbiamo fare una strage».

Io: «Sono pronta».

Bianca: «Maledetti. Maledetti tutti».

Stesso giorno, stesso momento, con Giulia.

Lei: «Stai fermo immobile sul letto» – noi due, per tenerezza, usiamo sempre il maschile tra noi.

Io: «Vabbè ho visto quel cuoricino che prima batteva e poi non batteva piú».

Pausa. «Sei stata bravissima forte coraggiosa» – ora usa il femminile, è troppo.

«Poi ho pensato che una madre dovrebbe proteggere. E io, diciamo» – usiamo sempre questa parola, «diciamo», per dire varie cose tra cui, in questo momento: io sono una stronza.

«Non ce l'avrebbero fatta tutte e tre invece cosí hanno possibilità».

«Non finiva piú». Pausa. «Sembrava una cosa di un giorno in pretura, quando quelli dicono non muore, cioè era proprio un omicidio, vaffanculo».

3 febbraio, 8.40.
Ada: «Come stai? Hai dormito?»
Io: «Sí. Sogni sempre ansiosi ma ormai da tempo immemore», faccina che ride fino alle lacrime. «Ora sto andando a fare controllo» (queste faccine che faccio sempre, a stemperare).
Ada: «Va bene. Tienici aggiornate».
Io: cuore giallo.
Bianca: «E poi torna da noi».
Io: «Torno» e – me ne accorgo solo ora – faccio un palloncino rosso che galleggia e due cuori rosa uno dietro l'altro. Giuro che è stato un caso.

Sono in ospedale, su quel lettino, per controllare come stanno loro due. Andrea è seduto accanto a me.

La dottoressa che ci segue cerca di distrarci, mi fa l'ecografia.

Io le vedo chiaramente. Queste tre bambine immobili sull'ecografia. Ma non posso crederci. Non è vero.

Lei si fa cupa, guarda e guarda ancora. Poi: «Mi dispiace», dice. «Non ce l'hanno fatta».

Troppo sangue – mio –, troppo nutrimento – mio – tutto insieme. Chissà se gli è esploso il cuore. Sono morte.

Io non ci credo, penso: adesso vedrà che si muovono.

Si vedono le linee dritte dei tre cuori. C'è un rumore come quando la radio non prendeva. Un rumore bianco. Senza niente. Ci sono tre linee piatte. Non c'è piú nessun balletto.

E Andrea. Andrea fa un salto dalla sedia, si alza in piedi di scatto, si toglie il piumino, sta soffocando.

«Che succede», gli dice la dottoressa.

Che cazzo vuole che succeda, vorrei dirle. Sono morte le sue figlie.

Io piango, e piango, e chiedo alla dottoressa: «E adesso come faccio, come faccio».

Andrea è pallidissimo. Torna da me. Mi prende la mano.

Lei dice: «Mi dispiace tanto. Adesso dovete fare il raschiamento. Ma potete farlo a Roma».

Il raschiamento. L'aborto. Come i due figli che non ho voluto. Ma loro tre.

Questa immagine. Andrea che salta dalla sedia e si strappa il piumino, e non dice niente. Sono quasi sette anni che stiamo insieme. Non l'ho mai visto cosí disperato. Nemmeno nei dolori piú insopportabili.

Questa immagine. Mi dà la misura della tragedia. Mi dice che è vero. Mi grida che è vero. Ma io che è vero non ci credo.

3 febbraio, ore 11.03.
Io: «Sono morte tutte e tre».

Ada, Bianca, Giulia, dalle differenti chat, rispondono solo una parola: «No».

E io – finora non l'ho mai detto a nessuno, nemmeno a me, men che meno ad Andrea –, io, quando il 3 febbraio alle nove ho varcato la porta girevole dell'ospedale per andare a fare l'ecografia e vedere come avevano passato la notte le mie due figlie rimaste, dopo l'operazione, ho pensato: speriamo che se ne sia salvata solo una. Cosí sarà salva davvero. Per sempre.

Un pensiero orribile. Imperdonabile.

Ci hanno detto che erano tre bambine il giorno prima che morissero. Come sei esagerata, vita. Quanto male eclatante, enfatico, vuoi fare. Non mi piace la scrittura enfatica. E non mi piaci tu. Perché non hai fatto tutto quello che dovevi con frasi brevi, senza aggettivi, senza piagnistei, senza sentimentalismi? Perché, vita, non sei stata una brava scrittrice?

Ogni volta che finisco un capitolo, mentre scrivo in Word, devo selezionare la funzione «Interruzione» e poi cliccare «di pagina». Io ogni volta penso «di gravidanza».

Tutto quel dolore.

Non è possibile, ma era comunque meglio di questo vuoto totale che sono io ora.

Oggi i ricordi di facebook dell'anno scorso mi suggeriscono quella foto. La foto di me dietro la porta della chiesa con su scritto: ACCOMPAGNATELA PERCHÉ NON SBATTA. L'ultima foto che ho con loro a Roma.

Oggi invece è il 2 febbraio 2022.

L'ultimo giorno in cui posso dire: io l'anno scorso ero con loro.

Nessuno ricorda che era oggi, e che erano questi giorni. O nessuno lo dice. La vita degli altri è andata avanti. Io sono dentro l'hula hoop. Ieri abbiamo visto una stupida serie tv, io e Andrea. Un carcerato innocente. Va a trovarlo la figlia diciassettenne. È incinta. Si vede questa pancia già grande.

Io dico: «Vaffanculo».

Andrea: «A chi?»

«'Sta stronza».

«Ma basta, dai», fa lui. «Non puoi dirlo ogni volta. Non puoi incazzarti ogni volta. Queste sono le cose dei film. Le gravidanze, le morti, gli innamoramenti. Cose cosí».

Io sto zitta, la odio e spero che lo perda, quel bambino.

Non lo perde.

Data 2 febbraio 2021

Dati della Paziente			
Cognome	Lattanzi	**Nome**	Antonella
Data di nascita	20 novembre 1979	**Età**	41

Gravidanza attuale

Ultima mestruazione	9 novembre 2020
Epoca gestazionale (UM)	12 sett. + 1 giorno
Epp (UM)	16 agosto 2021
Epoca gestazionale (US)	12 sett. + 5 gg
Epp (US)	12 agosto 2021

(queste sono le date in cui sarebbero nate, 16 agosto secondo Um, 12 agosto secondo Us)

Gravidanza multipla	monocoriale triamniotica

Ecografia

Feto 1: Attività cardiaca	visualizzata
Feto 2: Attività cardiaca	visualizzata
Feto 3: Attività cardiaca	visualizzata

Procedure invasive

Indicazione	Gravidanza multipla
Riduzione embrionaria / Feticidio	
Procedura	Riduzione embrionaria
Strumento	Laser interstiziale
Feti vivi prima della procedura	3
Feti vivi dopo la procedura	2

Data 3 febbraio 2021

Dati della Paziente

Cognome	Lattanzi	**Nome**	Antonella
Data di nascita	20 novembre 1979	**Età**	41

Gravidanza attuale

Ultima mestruazione	9 novembre 2020
Epoca gestazionale (UM)	12 sett. + 2 gg
Epp (UM)	16 agosto 2021
Epoca gestazionale (US)	12 sett. + 6 gg
Epp (US)	12 agosto 2021

Ecografia del 1° trimestre	*Feto 1*	*Feto 2*	*Feto 3*
Diagnosi	Morte fetale	Morte fetale	Morte fetale
Attività cardiaca fetale	**non visualizzata**	**non visualizzata**	**non visualizzata**

Al controllo odierno:
Attività cardiaca assente per tutti i gemelli.

Si concorda invio presso centro di riferimento per espletamento revisione uterina.

(Lo sapevate, voi, che nemmeno questo si può dire: raschiamento? Che il raschiamento dappertutto tra i medici, sulle cartelle cliniche, viene chiamato revisione uterina? Io ho sempre pensato, ogni volta, alla revisione di una macchina. Mi sento trasformata in una macchina, che fai la revisione e torni in pista. Quanto vorrei essere una macchina. Pure una vecchia Yaris nera, come quella che abbiamo io e Andrea).

Dopo, torniamo a Roma in treno. Siamo in due, io e Andrea, ma io sono sola. Nessun cuore batte dentro di me.

Non ho detto nulla alla casa editrice. Ce la posso fare. Ce la devo fare a continuare a lavorare per il libro.

È l'unica cosa che mi è rimasta, il romanzo. E lo dico, e lo penso, ed è cosí.

Ho una presentazione da registrare dal vivo il giorno dopo e mi fa molto male la pancia, ma la faccio. Sarà quando guarderà quella presentazione che mia madre mi dirà: ma come mai metti sempre le gonne?

Vado a casa di Ada, la sera dopo il mio ritorno a Roma. Andrea non c'è, è tornato sul set, e lei non vuole che io stia sola. Mi invita da lei. Ci sono anche altre persone. «Te la senti?» mi chiede. Cosa devo fare, io non sento niente.

Il 3, tornata in albergo, ho telefonato al dottor S. piangendo disperata. «Antonella mia, non sai quanto mi dispiace», mi ha detto con la voce rotta.

Cosa mi tiene in vita? Il romanzo. Tutti quelli che sanno mi dicono: adesso ti riposi, poi ci riprovi, ci riprovi a fare un bambino. Ma loro tre sono morte. Non ci saranno mai piú. Mi tiene in vita il romanzo, diventa tutto: le mie tre figlie e il mio lavoro e la mia speranza e la mia ambizione. I libri non sono figli, l'ho detto. Ma tutto quello che mi convince a non spalancare la finestra del mio quinto piano è lí: in quelle quasi quattrocento pagine.

E non mi posso riposare adesso. Nemmeno mentalmente. Devo fare il raschiamento.

Ho fatto un sogno.

Un sogno stupido, didascalico, faccio sempre sogni didascalici. Ho sognato il mare di Sabaudia, ed era tutto rosso. Era il tramonto. Non era acqua chiara, trasparente. Era un mare infinito di sangue, fino all'orizzonte.

L'ho sognato perché adesso inizia il tempo del sangue, che culminerà una notte di giugno sulla montagna del Circeo. L'ho detto, faccio sogni elementari.

Ma ora cosa dovrei raccontare?

Che ho dato tutta la responsabilità di tenermi in vita al romanzo?

Che quando dovevo andare in ospedale, a Roma, per fare l'ecografia per il raschiamento, c'erano donne incinte dappertutto. Da dietro le porte chiuse, i cuori dei bambini che pompavano si sentivano fortissimo.

Che prima di andare mi sono vergognata, ma ho detto ad Andrea: «Magari adesso facciamo l'ecografia, e sono vive». E lui ha detto: «L'ho pensato pure io» (pazzi).

Che ho dovuto fare un raschiamento di tre feti morti oltre la dodicesima settimana, e in un primo momento mi hanno detto che avrei dovuto partorirli, morti, avere il travaglio, perché erano troppi e la gravidanza era troppo avanti.

Che lí ho perso la ragione.

Che il raschiamento è andato male, ho perso due litri di sangue, stavo perdendo l'utero, ho subito qualsiasi cosa, il catetere, la trasfusione, lo zaffo nell'utero per tentare di fermare l'emorragia, l'emoglobina che precipitava, il rischio di setticemia, la crudeltà delle infermiere dell'ospedale che non mi davano acqua dopo l'intervento, e io imploravo, e alla fine mi hanno dato quella del rubinetto, ma come contenitore hanno usato un biberon perché ero stata ricoverata in Patologia Ostetrica.

Era notte. Non mangiavo dalla mezzanotte precedente. Ho chiesto qualcosa da mangiare, lo stomaco mi faceva male. Mi hanno detto: «Vediamo se riusciamo a trovare delle fette biscottate». «Per favore», ho implorato. «Va bene», hanno detto loro. Non sono mai venute.

E per le perdite, mi hanno dato pannolini per bambini.

Cosa dovrei raccontare?

Che, prima del raschiamento, mi hanno chiesto se volevo battezzare le mie tre bambine? Se volevo un posto nel cimitero dei bambini. Avrei spalancato la bocca e addentato la giugulare dell'ostetrica. Neanche da morte, le ho raccomandate a dio.

Che prima di andare in sala operatoria, hanno detto ad Andrea: «Ora il papà deve andar via, non può rimanere». *Papà?* È una vite spessa e arrugginita che ti trapassa il cervello. *Papà*, *mamma*. In questi luoghi continuano a darti del padre e della madre anche quando hai perso i tuoi figli, anche quando non lo sei piú. Gli infermieri, le ostetriche ti chiamano cosí di continuo. Ogni volta che ti chiamano cosí, tu invidi (odi) chiunque risponda di diritto a questo nome. E ti chiedi: ma com'è possibile che non vi rendiate conto di cosa state dicendo?

Che c'era ancora questo maledetto covid, e sono rimasta una settimana in ospedale, e non è potuto venire a trovarmi nessuno, neanche Andrea. Ero sola, piena di dolori, senza forze, con un mal di testa atroce e la febbre alta. Accanto a me, nel letto accanto al mio, una ragazza di vent'anni, macedone, al suo terzo figlio, che era al sesto mese di gravidanza. E venivano a sentire il battito del cuore dentro la mia stanza.

Che nella notte, ogni notte, lei aveva un mal di testa che le paralizzava una parte del corpo e le uscivano fiotti di sangue dal naso, e anche se io la odiavo perché era incinta, chiamavo le infermiere. Non veniva mai nessuno. Alla fine, anche se non potevo, anche se avevo l'emoglobina a 6, anche se non riuscivo ad alzarmi, mi alzavo. Non era per gentilezza, empatia, o pena. Lo facevo perché lo dovevo fare. Andavo in corridoio. Volevo urlare alle infermiere troie bastarde, venite porca puttana. Invece andavo gentile dalle infermiere che avevano in mano le nostre vite, gli antidolorifici, l'unico contatto con il mondo e i medici, la potestà su di noi come fossimo in carcere, e gentile umile chiedevo: la ragazza accanto a me non sta bene, per favore potete venire? Non venivano.

Che il giorno dopo il raschiamento, la dottoressa di turno mi ha guardato e ha detto: «Te lo sei meritato che il raschiamento sia andato male». Perché non avevo voluto fare il parto a induzione dei feti morti, e perché essendo un ospedale cattolico io non ero una di loro – la Pma, la riduzione – e non meritavo nulla.

Che Andrea ha chiamato i miei amici, i miei cari amici che non sapevano nulla, e gliel'ha raccontato. A Luca, a Emilio e Carlo, a Marco. E loro non ci potevano credere che avevo nascosto tutto questo, e mi mandavano messaggi e volevano essere lí, in ospedale, accanto a me.

Che non li ho chiamati io, i miei amici che non sapevano, li ho fatti chiamare da Andrea. Perché io non riuscivo piú a parlare con nessuno. Non ho mai risposto a una telefonata. Parlavo solo via messaggio.

Che Giulia, Ada, Bianca sentivano Andrea ogni giorno, e volevano venire a trovarmi anche se sapevano che non potevo vederle, non potevano entrare. Maledetto covid. Maledetto mondo. Maledetti tutti.

Che quando abbiamo capito che sarei rimasta ricoverata a lungo, Andrea ha chiamato la casa editrice, e ha dovuto spiegare tutto. Perché io ero in ospedale e a quel punto, quella settimana, per la prima volta dovevo dire la verità. Mi dovevo fermare. I loro messaggi esterrefatti. Quando sono tornata a casa, ho chiamato io in casa editrice. Loro tastavano il terreno, come si risponde, che parole si dicono a un dolore cosí? Fermati, mi hanno detto. Non pensare al libro, lui va per la sua strada, non c'è bisogno di te. Prenditi una settimana, un mese, un anno. Tutto il tempo che vuoi. Devi pensare a te. E io ho detto: «Non mi posso fermare, se devo pensare a me. Se non lavoro per il libro, muoio». E loro – capendomi o non capendomi – hanno lasciato scegliere a me. Dal pomeriggio in cui sono tornata a casa dall'ospedale, con l'emoglobina a 7, ho ripreso presentazioni online, interviste, in cui ogni volta l'intervistatore mi chiedeva: hai figli, tu?

Mi sono messa a scrivere un ebook su Stephen King. Il mio editor di quel saggio non sapeva nulla di quello che mi era successo (la casa editrice non era la stessa del mio romanzo) e non lo sa nemmeno ora. L'ebook si chiama *Salvarsi*, e non è un titolo a caso.

Mesi dopo, quando sono tornata per la millesima volta dal dottor S., implorando di farmi riprendere il percorso per una nuova Pma, senza alcun riguardo per il mio corpo, per la mia testa, lui mi ha detto, dolce: «Abbi un po' di tenerezza per te stessa».

Quale tenerezza?

E io sulla strada del ritorno piangevo e pensavo: ci devo riprovare. E il Tevere era nero.

Cosa dovrei raccontare?

Che quando ero in ospedale, disperata, è entrato un prete nella stanza? Io piangevo, piangevo, e lui pensava che piangessi perché volevo la sua benedizione. Io pensavo solo che lo volevo via da quella stanza, lo volevo sbranato dai leoni, ma ero niente, io non ero niente, mi lasciavo violentare da lui perché io non ero niente, piangevo e basta e lui mi ha detto: «Erano maschi?» Io ho fatto sí con la testa, piangevo, e lui ha detto: «Battezzali questi tre bambini morti, chiamali come gli arcangeli, e poi fai una donazione a – mi ha detto un posto, una chiesa, non me lo ricordo – e ti prometto che entro un anno sarai di nuovo incinta». E mi ha dato una collana: la croce col tau. E io piangevo e pensavo erano femmine, almeno questo non me lo hai rubato.

La croce col tau l'ho buttata appena sono uscita dall'ospedale. Avevo paura a buttarla mentre ero lí. Avevo paura che portasse male, avevo paura di morire.

Dovrei raccontare che, il giorno che sono andata a fare il raschiamento, ho preso il taxi perché le buche di Roma mi facevano troppo male in motorino, e Andrea è andato da solo in scooter perché poteva stare poco, poi doveva andare sul set? Il taxi ha forato. Io non ci potevo credere. Il tassista mi ha lasciato in mezzo a uno stradone, una specie di tangenziale e ha detto: «Chiama un altro taxi».

Quante volte in quell'ospedale ci hanno promesso che mi avrebbero dato una stanza da sola, senza tutte queste donne incinte, senza tutti questi cuori che battevano, e invece no, sono sempre stata con la macedone superincinta, e avevo il catetere e la Tachipirina in flebo – pochissima, è dio a mandare il dolore – e le altre flebo di antibiotici e liquidi e i tubicini dappertutto, e il sangue e lo zaffo nell'utero e mi dicevano potevi perdere (anche) l'utero potevi perderlo potevi perdere l'utero potevi perderlo stavi per perderlo e stavi per perderti anche tu.

La sacca con la flebo della trasfusione, piena di sangue, era rosso scuro. Non finiva mai. L'emoglobina non si alzava lo stesso.

Cosa dovrei raccontare?

Che un'ostetrica mi ha detto: «Che cosa tremenda che stai passando. Ma devi accettarla e accoglierla. Dio manda il dolore solo a chi lo può sopportare».

Che, subito dopo il raschiamento, sono rimasta in osservazione in sala parto per tutto il giorno, sola, perché avevo perso troppo sangue, mentre tutt'intorno a me nascevano bambini.

Che, subito dopo il raschiamento, è stata l'unica volta che mi hanno dato qualcosa per il dolore che non fosse la Tachipirina. Quella è stata l'unica volta che mi hanno dato la morfina. E io, che non avevo ancora detto niente a nessuno, perché pensavo di uscire quello stesso giorno – del resto ne avevo fatti altri due, di raschiamenti, pensavo di sapere come andava, e anche i medici mi avevano assicurato che sarebbe andata cosí –, sotto morfina mi sentivo quasi euforica, e rispondevo ai messaggi di lavoro, senza dire niente a nessuno di dov'ero, che facevo, rispondevo alle mail, sovraeccitata, e dalla casa editrice mi hanno scritto: «Abbiamo appena saputo che ci sarà la seconda ristampa del tuo libro». E io l'ho scritto ad Ada e Bianca. E loro: «Che bello!» Povere mie care.

Che, prima del raschiamento, come per un qualsiasi altro intervento, ho dovuto fare la preospedalizzazione. Alla preospedalizzazione e – due giorni prima – al controllo ecografico in cui mi hanno detto che avrei dovuto fare il parto a induzione, mi ha accompagnato Giulia. Andrea non poteva venire. Andrea non voleva venire; ed era consolante per lui non poterlo fare (sei cattiva). Il giorno dell'ecografia, quando mi dicono del parto a induzione, Giulia diventa un leone. Chiama chiunque conosca mentre io piango piango piango, dico se partorisco queste tre figlie morte muoio anch'io, la mia amica Giulia chiama medici, amici di medici, figli di primari, e infine riesce ad arrivare anche ai primari. Io sto seduta al gelo fuori dall'ospedale fumando un milione di sigarette perché ormai sono morti tutti, seduta per terra perché non ce la faccio, la guardo chiamare e penso: Andrea questo non l'avrebbe mai fatto per me. Chiama tu, mi avrebbe detto. Perché se Andrea fosse il personaggio di un romanzo, non potrebbe essere un leone passionale come Giulia e nello stesso tempo anche sé stesso.

Giulia chiama chiunque e riesce ad aiutarmi – infatti non farò il parto a induzione –, poi mi porta a casa e beviamo molte birre. Tanto ormai siamo tutti morti. Riusciamo a parlare di altro, anche. Riusciamo anche a ridere.

Quando, verso le undici, arriva Andrea dal set, lo odio. Perché lui non deve operarsi. Perché lui è un uomo. Perché lui può andare nel mondo e io devo stare chiusa dentro il mio. Perché lui, se io non potessi piú avere figli, potrebbe averne, ancora per decenni, con altre donne. Dice: «Ho comprato le cozze e il pesce, come piace a te» (non possono essere le undici se ha comprato il pesce, probabilmente lo dirà il giorno dopo tornando a casa un po' prima, verso le otto, ma siccome il giorno dopo è un giorno uguale a questo, lasciamo stare come sono andate le cose *esattamente*). Io divento gelida, cattiva: dico: «Che cazzo me ne frega delle cozze», (il mio cibo preferito), «io non ho fame».

Il giorno della preospedalizzazione, mentre aspetto di entrare, io e Andrea litighiamo via whatsapp. Quanto litighiamo. Fa un freddo pazzesco, è febbraio e sono in fila fuori dall'accettazione per ore perché col covid gli ingressi sono contingentati. Mentre io sono qui, lui vive. E sono già dei giorni che ho tre bambine morte dentro di me, che me ne vado in giro con tre bambine morte dentro.

La presentazione subito dopo l'operazione di Milano, prima del raschiamento, la faccio con tre bambine morte dentro. Tra ritorno a Roma, visite, data del raschiamento e raschiamento, rimango sette giorni interi con tre bambine morte dentro.

Nella sala della preospedalizzazione sto seduta non so piú per quanto tempo in attesa di fare le analisi del sangue, di fare il tampone per il covid, di fare il colloquio con l'anestesista. (Anestesie precedenti? No. Aborti precedenti? No. Operazioni precedenti? No). Arrivo la mattina alle nove in ospedale e torno a casa alle diciannove.

Due giorni prima, quando aspettavamo di fare l'ecografia, ogni tanto gli infermieri chiudevano le porte e dicevano: state lontani, sta passando una paziente covid. Io non ho pensato: almeno non ho il covid.

Perché a un certo punto è successa una cosa.

È cominciata quando avevo timore di aspettare due gemelli, a dicembre 2020. Appena dicevo: almeno non è successo *questo*, *questo* succedeva. Quando avevo paura di non arrivare al terzo mese – il tempo in cui credevo che la mia fosse una gravidanza come un'altra, e come tutte le donne normali ero preoccupata – ho detto: almeno una sicurezza c'è, non sono gemelli. Appena l'ho detto ho scoperto che erano due. Allora ho pensato, almeno non sono tre. Sono diventati tre. Quando dovevo fare il raschiamento ho pensato, almeno oggi stesso torno a casa. Sono tornata dopo una settimana. Dopo il raschiamento mi hanno detto, potevi perdere l'utero. Ho detto: almeno non ho perso l'utero, almeno il mio utero sta bene. È stato allora che è cominciata la seconda parte di questa tragedia.

Mi sono imposta: basta, non dire piú niente, non pensare piú niente, non emettere piú alcun rumore vero o nella testa, dal cielo o dall'inferno ti sentono, ti ascoltano sempre. E ti puniscono. Allora sono rimasta zitta. Anche perché nella mia testa c'era solo un suono.

I cuori dei bambini.

Quando sono diventate tre, sotto lo sguardo terrorizzato della ginecologa che mi ha seguito per la Pma, io cazzo ho visto questi tre cosini infimi e ho sentito quei cazzo di cuori quanto cazzo battono, e li ho visti rossi e blu pulsare nell'ecografia e nonostante la ginecologa mi stesse prospettando uno scenario di morte, io non lo so cos'è il battito del cuore di un bambino che hai voluto, ma è una specie di caldo totale, una specie di sostanza stupefacente, una specie di esplosione. Scoprirò che il battito del tuo bambino, se lo vuoi quel bambino, ti sballa. Scoprirò che il battito degli altri bambini, se il tuo non ce l'hai piú, è una tortura. È come se ti legassero a una sedia e ti aprissero la testa e ti facessero a fette il cervello con una lametta. Sei cosciente ma stai diventando pazzo. Penserai: fate smettere quei cuori. Vi prego, vi scongiuro fate smettere quei cuori.

E che sei una persona orribile, che sei una persona orribile a pensare che, morti i tuoi cuori, dovrebbero morire i cuori di tutti, e questi tutti sono dei bambini, pensare che sei una persona orribile lo penserai, pensare che ti meriti il castigo dei castighi lo penserai, pensare che pensieri cosí non sono da essere normale ma da assassino lo penserai. E lo dirai ad Andrea: ti prego fai smettere quei cuori. E lui dirà, dal telefono, perché c'è il coronavirus e non può entrare in ospedale insieme a te, dirà non dire cosí, che ti hanno fatto quei bambini, quelle bambine. E ha ragione, lo sai. Ma tu faresti qualsiasi cosa per far smettere quei cuori, e invece li senti, in ogni momento, nel reparto di Patologia Ostetrica dove sei dopo la millesima operazione, e non c'è piú nessuno dentro di te quando ti entra dentro la sonda dell'ecografia, non ci sono piú Aldo, Giovanni e Giacomo come li chiamavamo quando abbiamo scoperto che erano tre (prima di sapere che erano tre bambine, che non hanno avuto il tempo di avere un nome, e prima che diventassero due, Annalena virgola Angela e Bianca virgola Cristina – nomi seri, questa volta), non c'è piú niente dentro di te, non ci sei piú tu e senti questi cuori e vorresti strapparti il catetere, la garza lunga dieci metri che ti hanno messo nell'utero per fermare l'emorragia – lo zaffo –, la flebo di liquidi e quella di Tachipirina e quella di antibiotico perché ti è venuta la febbre e dicono che devono controllare che tu non stia andando in setticemia, e poi la flebo rossa con il sangue della trasfusione, vorresti strappare tutto e scappare piú lontano che puoi e purtroppo, questa volta, non è piú come quando Giulia ti ha detto ridendo: non puoi scappare da nessuna parte, dove vai? Lui o loro sono dentro di te. Purtroppo questa volta puoi scappare. Se scappi sei sola. Non c'è piú nessuno con te.

E quella dimensione in cui sei precipitata dal 3 febbraio 2021, giorno in cui sono morte le tue figlie, quella dimensione in cui sei ancora adesso ti ripete, ogni giorno ogni ora, che non è stata sfiga, sfortuna – come dicono tutti – e neanche il caso. No no, una sola cosa è certa: te lo sei meritato. Un figlio non è un vestito, non è un contratto per la pubblicazione di un libro, non è un contratto in nero per una casa al mare, hai detto no a due figli e allora quel dito che da sempre ti aspettavi sarebbe uscito uncinato e muscoloso dal cielo ha finalmente bucato le nuvole e ti ha indicato davanti a tutti e ha detto: tu, non te lo meriti. E ha ucciso le tue tre bambine.

Quando mi tirano fuori la garza dall'utero prima di dimettermi, mi fanno stendere sul lettino. Non mi parlano.

Cominciano a tirare fuori questi metri e metri di garza che non finisce mai, e fa un rumore terribile.

Io sento subito un fiotto di liquido che esce dal mio corpo. La garza serviva per fermare l'emorragia.

«Che succede?» chiedo, mentre non vedo quello che accade sotto di me. «Che succede?» chiedo ai medici. Nessuno risponde.

«C'è sangue? C'è ancora sangue?»

Questo liquido è tantissimo, e cola.

Alla fine si decidono e dicono: «No, è il disinfettante con cui stiamo irrorando la garza. Ne serve molto».

Davvero, dovrei raccontare queste cose? Queste sono cose che non si raccontano, cose assai semplici, che occorre aver vissuto in prima persona, come dice Simenon. E cosí sia.

Io non le racconto.

Invece sapete cosa devo raccontare?

Durante quei giorni infiniti in ospedale, io non voglio sentire nessuno con la voce felice, voglio che muoiano tutti. Ma il tempo non passa mai, non riesco a leggere, riesco solo a guardare film o serie tv sul mio cellulare. Per tutti quei giorni, mille ore al giorno, cerco su Google: «film che finiscono male» e guardo solo quelli. Sono molto soddisfatta del dolore di tutti. Quando esco dall'ospedale, lo racconto a Giulia. Lei si mette a ridere. Anche a me viene da ridere.

La ragazza macedone che era in stanza con me in ospedale, quando ci hanno dimesse (ci hanno dimesse insieme) e mi sono vestita per la prima volta, ha guardato i miei vestiti (che avevo comprato ere prima in un negozio molto chic e avevo pagato tanto, perché vorrei essere una signora bene) e ha detto: «Sembri una zingara». Mi sono molto incazzata, e quando l'ho raccontato ai miei amici hanno riso, e pure io.

Quando mi hanno dimessa e mi trascinavo lenta per i corridoi dell'ospedale, per uscire, ripetevo: «Ma guarda 'sta stronza che mi ha detto che 'sti vestiti sono da zingara, con tutto quello che li ho pagati». E Andrea si guardava intorno e diceva: «Abbassa la voce, dai, non sta bene dire cosí». Sul momento non mi faceva ridere. Adesso sí.

Una volta, l'ennesima, in cui le infermiere non hanno risposto quando le abbiamo chiamate, non ci hanno portato le flebo con gli antidolorifici, non ci hanno portato le coperte, io mi sono messa a urlare: «Guardate che io scrivo sui giornali! Scrivo tutto e vi rovino!» Convinta che si sarebbero spaventate per la mia autorità e da allora in poi mi avrebbero trattato molto meglio. Mi hanno trattato peggio. Anche di questo, in seguito, io e i miei amici alla fine abbiamo riso. «Non ti hanno cagato di striscio», mi hanno detto. In effetti, no.

E poi ci sono altre cose che si raccontano.

Ho una nota sul mio iPhone. È diventata lunghissima. Ci sono tutte le date delle mie Pma. Quando l'ho iniziata, pensavo che avrebbe avuto al massimo una decina di righe. Una riga per ogni data: quando ho iniziato, quando ho fatto i monitoraggi, quando ho fatto il pick-up, quando ho fatto il transfer, quando ho scoperto di essere incinta, quando ho partorito. Stop.

Mi fai ridere, Antonella (sei una cretina, e quindi ti chiamo col tuo odiato nome di battesimo).

Ormai, è una lista lunghissima. A scorrerla tutta ci vuole qualche secondo.

Guardo il giorno in cui sono entrata in ospedale per il raschiamento: 10 febbraio 2021. Sono uscita il 17.

Mi viene a prendere Andrea che è stremato. Ha passato quasi ogni minuto in cui non era sul set seduto nel corridoio fuori dal reparto (non lo facevano entrare, promettevano informazioni che non gli davano, e se io non rispondevo ai messaggi – nemmeno lui volevo sentire al telefono – nessun altro gli diceva come stavo). Finalmente io mi vesto (da zingara), metto le mie cose alla rinfusa nella valigia e, lenta, esco.

(Scoprirò solo a casa che, quando ero in sala parto per il raschiamento, mi hanno rubato il bracciale di brillanti che mia madre e mio padre mi avevano regalato coi soldi della liquidazione – uno a me, uno a mia sorella. «Perché non l'hai tolto prima di andare in ospedale? Non si portano gioielli lí». Lo so e infatti non avevo orecchini né anelli, ma quel bracciale non lo toglievo mai, da quindici anni, ed era come non averlo, non mi ricordavo nemmeno di indossarlo).

Percorriamo i corridoi infiniti dell'ospedale. Io ho l'affanno. Andrea mi stringe forte. Sui muri dell'ospedale ci sono scritte che dicono che la sofferenza viene dal signore. Io dico solo vaffanculo. Arriviamo all'ingresso. Subito fuori dell'ospedale c'è una libreria. Io la guardo di sfuggita. In vetrina, c'è una pila di libri. Al centro di questa pila, esattamente al centro, nel posto piú visibile di tutti, vedo il mio romanzo.

Queste sí, queste sono cose che si raccontano. Questo momento di luce totale, vera, in mezzo alle luci al neon dell'ospedale, a questa mia valigia piena di orrori che Andrea porta per me, a questo taxi che mi accompagna a casa mentre Andrea riprende il motorino, a questo nulla che sono io. Queste sono cose che si raccontano: quel romanzo, che è sempre stato lí, a fare la guardia per me, ad aspettarmi. Ad aspettarmi per dirmi che sono ancora viva.

Scusami, romanzo, per averti dato la responsabilità di salvare la mia vita.

E cosí già quel giorno, tornata a casa dall'ospedale, con la mia casa editrice parliamo di traduzioni all'estero, di ristampe, di copie vendute, delle nuove cose a cui devo lavorare, di interviste, di presentazioni (per questa settimana online, poi voglio riprenderle dal vivo).

Subito, anche un video in cui sono spettrale (dico all'ufficio stampa: «Sembro Morticia»). Ma rido, rido moltissimo in quella presentazione, voglio fargli vedere – alla casa editrice, ma soprattutto a me – quanto sono coraggiosa quanto sono brava, e quando mi chiedono: hai figli?, io rispondo allegra: no!

(Cos'è un romanzo davanti a tutto questo dolore? Niente.

Perché sto continuando a lavorare senza mai smettere?

Perché continuerò a farlo sempre, con tutto quello che ancora succederà?

Mi viene in mente soltanto un'immagine: una mano aggrappata alla roccia, il corpo che penzola nel vuoto. La mano si tende, non ce la fa piú. Forse è questo il significato di: aggrapparsi a una motivazione.

Che poi quella motivazione sia la stessa che mi ha impedito di fare dei figli in tempo, sia la stessa che mi ha portata dritta dritta qui, in queste tre morti, in questi tre omicidi, vorrebbe dire metterla sotto accusa. E io non posso perché mi troverei davanti a una totale assenza di senso.

Non la metto sotto accusa, mai, nemmeno adesso che scrivo.

Mai. E non ci voglio neanche pensare. Voglio cancellare questo capitolo).

Però adesso devo raccontare il sangue.

Riassunto:

Subito dopo il raschiamento, comincio ad avere delle emorragie. I medici pensano che sia il normale decorso post-operazione. Anche io. Almeno non ho perso l'utero (zitta! non pensare!) Si scopre invece che, per salvarmi l'utero e fermare l'emorragia, i medici in ospedale hanno dovuto finire l'operazione in fretta. Sono rimasti dei resti dei feti morti e di placenta nell'utero. Su quei resti sono cresciute delle formazioni arterio-venose. Cioè, dei vasi sanguigni e arteriosi (non sono un medico, spiego a parole mie) vivi, che aumentano. Nei mesi, da febbraio a giugno 2021, crescono a dismisura. Tutti i medici mi diranno: è una cosa rarissima, non succede mai. Ma questa è tutta una storia di zerovirgolazerozerozerouno percento di possibilità che cazzo si realizzano sempre. Nelle ecografie, si vede l'utero completamente pieno di questi pallini colorati. Non sono cuori di bambini. Sono vasi che buttano sangue. In ospedale vorrebbero rioperarmi a inizio aprile, d'urgenza («per la tua vita», mi dicono). Facciamo un consulto medico: l'operazione è troppo rischiosa. La possibilità di perdere l'utero è molto alta. La possibilità di non riuscire a fermare il sangue neanche togliendo l'utero, e che io quindi muoia, alta. Chiedo ai medici che ho consultato cosa devo fare. Mi consigliano di non operarmi, proveremo altre cure, proveremo tutti i tipi di cure esistenti. Rifiuto l'operazione.

Proviamo delle cure per far ridurre questa massa – si chiama Mav, malformazione arterio-venosa – e poi operare in un secondo momento. Per mesi e mesi, mentre la mia emoglobina precipita, il mio sangue zampilla fuori da me.

Io però continuo ad andare in giro per le presentazioni, a lavorare, ad andare a cena fuori. Il mio sangue se ne frega dell'antiemorragico (il Tranex 500 mg). In ogni momento, posso essere inondata da un'emorragia. Succede continuamente. Ovunque. Nel bel mezzo di ogni cosa che faccio, a un certo punto sento questo fiotto di sangue e devo correre in bagno. Imbottirmi di Tranex. Pregare che passi. Ogni volta, si può morire. Il mio ginecologo e io ci sentiamo minuto per minuto. «Non si scherza col sangue, se è troppo corri in ospedale». La razionalità mi dice di barricarmi a letto e non muovermi mai piú. Tutto è troppo pericoloso. Ma io da quel letto mi alzo ogni giorno. E non per coraggio. È che non voglio che sia vero. Se non ci credi, non è.

Continuo cosí fino a giugno inoltrato. Ho un calendario di presentazioni primaverili ed estive che non finisce piú. L'ho voluto io. Continuo a partire, a viaggiare, a fare presentazioni. Per mesi e mesi. Con gli antiemorragici e il resto.

Poi prendiamo la casa al Circeo, «per rigenerarci». E arriva il giorno che ho raccontato all'inizio di questo libro, quando il sangue non si ferma piú.

Il dottor S. a quel punto mi dice: «Corri al pronto soccorso». Non posso farmi prendere dal panico. Mentre il cuore mi spacca il petto, da fuori sembro calmissima. Anche Andrea sembra calmo. Ma, quando prova a chiudere la borsa che ha preparato velocemente per andar via, non ce la fa. Vedo che gli tremano le mani. Non riesce a chiudere la cerniera. «Tranquilla», mi dice, «adesso andiamo». «Tranquillo», gli dico, «abbiamo tutto il tempo». E noi che come dei pazzi ci siamo andati a ficcare nel posto piú scomodo e isolato del mondo ci fiondiamo di notte sulla Pontina, mentre io dico ad Andrea calma, non correre, ce la facciamo.

Abbiamo provato di tutto per non fare l'operazione, per salvare l'utero perché io potessi ritentare un'altra Pma, testarda e sventata ho sostenuto sempre che non c'era troppo sangue, ma adesso dobbiamo andare. Non ha senso morire dissanguati.

È notte, siamo sulla Pontina piena di buche. Andrea corre come un matto.

Ma prima, il 22 marzo 2021, c'è stato l'annuncio della dozzina dello Strega.

Siamo arrivati fino a questo giorno, io incurante del sangue (di cui non ho parlato in casa editrice, altrimenti mi avrebbero proibito di viaggiare; non glielo racconterò fino a giugno, fino a quando non sarà inevitabile operarmi), noi con tutto il nostro entusiasmo e le nostre forze. L'ho detto: ho dato al romanzo tutta la responsabilità di salvarmi. Quel salvataggio culminava lí: nella dozzina dello Strega.

Facciamo una riunione zoom per ascoltare tutti insieme, in diretta, l'annuncio dei dodici libri scelti.

Io mi metto davanti allo schermo. Andrea va su e giú per la casa, non vuole entrare nell'inquadratura. Io a casa; da Milano la mia casa editrice. Tutti molto emozionati.

(Il mio riscatto).

L'annuncio dura pochi minuti. Poi: «Non ci siamo».

E io rivivo il momento in cui ho visto le mie tre figlie morte sullo schermo. Non è paragonabile, ma anche questo sogno è morto davanti a uno schermo. E come quando Andrea mi aveva comprato le cozze e il pesce il giorno prima del raschiamento, adesso mi compra dei fiori e mi dice: «Cosa posso fare per consolarti?»

Ma io sono una furia. «Non puoi fare niente», gli sibilo rabbiosa. Odio quei fiori della sconfitta, togliti dal cazzo, toglietevi dal cazzo tutti.

Non so se è possibile capirlo, ma se hai messo tutta la tua vita in una cosa, in una data, in un annuncio, se l'unico motivo per cui non hai spalancato quella finestra al quinto piano è quella data, quell'annuncio, quando vedi la tua disfatta sullo schermo ti dici: è l'universo, l'universo che ce l'ha con me.

E quindi ancora emorragie fino a quella notte di giugno sulla Pontina.

Non ho intenzione di raccontare cosa succede dalla notte sulla Pontina all'operazione. Nelle settimane in cui sappiamo che da quelle sale operatorie potrei non uscire mai piú (ma ci devo entrare, non ho scelta). Non ho intenzione di raccontare anche questa operazione. Anzi, queste due operazioni in un giorno: un'embolizzazione e un'isteroscopia operativa (non ho intenzione di spiegare cosa sono). Queste sono cose che è vietato raccontare.

Cose che si raccontano:

Quando l'operazione diventa ineluttabile, tutti coloro che sanno si fanno in quattromila per aiutarmi a trovare l'ospedale migliore. Alla fine, per vari motivi, dovrò scegliere lo stesso ospedale dove ho fatto il raschiamento. Ma anche allora, mi aiuteranno tutti.

Decidiamo di prendere una stanza a pagamento, in ospedale, perché Andrea possa stare con me e io possa non avere coinquiline e cuori che battono. Entriamo in ospedale la domenica sera, mi opereranno il martedí.

La domenica sera Andrea torna a dormire a casa. Io passo tutta la sera su whatsapp con la mia amica con cui, l'anno dopo, andrò a Madrid, a ridere di tutte le cazzate che ci vengono in mente. Per esempio, vicino al letto c'è un tasto con indicata la lucina da lettura. Dovrebbe spegnere tutte le altre luci e lasciarne una flebile perché tu possa leggere. In realtà, quando spingi quel bottone diventa tutto nero. Si spengono tutte le luci. Le mando un milione di foto nere con su scritto: scusa ti devo lasciare, adesso leggo. Ci pieghiamo in due – lei a casa, io in ospedale – dalle risate.

Il giorno prima dell'operazione non posso bere liquidi né mangiare dalla mezzanotte in poi. Prima, chiedo ad Andrea di portare due Peroni in ospedale (sono di Bari, bevo la Peroni). Ci facciamo un aperitivo con patatine e Peroni, in ospedale, nella mia stanza, di nascosto. Appena sentiamo dei passi avvicinarsi alla porta, nascondiamo tutto. Ridiamo molto.

Che posso morire non ci penso mai.

Il giorno dopo, quando sta per iniziare la prima operazione, sento il chirurgo che dice all'assistente: «La paziente è magra, sarà piú facile operare». Sono molto fiera di questo complimento.

La sera, dopo le operazioni, io sono piena di morfina. Ma sono sveglia. Compro l'app del Monopoli e costringo Andrea a giocare un milione di volte sul mio iPhone. Una cosa scomoda e noiosa. Nonostante i dolori e la morfina vinco sempre. Mi esalto.

(«Ti ho fatto vincere, in realtà», mi dirà Andrea mesi dopo, e a me verrà da ridere).

Ho la pompetta con la morfina, in modo da poterla erogare direttamente in vena da sola (il dolore che ho provato per queste due operazioni non l'ho mai provato in vita mia). La finisco in un attimo. Quando di notte il medico di turno viene a controllarmi e la pompetta è già vuota io dico: «Me ne dà ancora?» Lui lo fa però dice: «Piú di questo c'è il sert».

E io sono fiera.

La sera in cui torno a casa dall'ospedale, Giulia e Luca vengono a cena a casa mia, sono dolorante, debole, ma li voglio con me. Non riesco tanto ad alzarmi dal divano. Eppure faccio battute a tutto spiano. «Nonostante tutto sei sempre un cretino, Antonio», mi dice Giulia. Io sono fiero di essere un cretino nonostante tutto, e anche lei è fiera – e sollevata – che io lo sia.

Quando ci dimettono dall'ospedale, la dottoressa di turno mi consiglia di andare al mare. Io sono piú morta che viva e ho paura di partire da Roma. «E se dovesse tornare il sangue?» «Tornate qui», dice lei. Andrea mi dice: «Te la senti?» Me la sento. Me la sento sempre.

Riescono a salvare me. Riescono a salvarmi l'utero.

Mesi dopo, il ginecologo dove sto riprovando a fare la Pma (senza successo) mi dirà: «Adesso posso dirtelo, pochi mesi prima del tuo ricovero per l'embolizzazione e l'isteroscopia operativa una donna è morta per lo stesso tipo di intervento e la stessa patologia che avevi tu». Per questo hanno fatto di tutto per scongiurare l'operazione.

Ma io sono viva.

Ogni tre per due, io e Andrea incappiamo nella parola gemello o in gemelli in carne e ossa.

Per esempio: lo stabilimento dove andremo al mare, a Sabaudia, si chiama Gemelli. Lo gestiscono chiaramente due gemelli.

Ogni sera, al tramonto, è a uno di loro che chiedo le patatine Dixi e lo Spritz per l'aperitivo.

Non li distinguo mai.

Ho sempre amato il mare.

Ma questo mare d'agosto, cosí accecante di luce, cosí pieno d'estate, di gioia, mi fa male.

Ci sono donne incinte ovunque.

Ci sono bambini ovunque.

C'è felicità ovunque.

Io questo mare, questo caldo, questa felicità li odio.

Sono contenta solo di sera, quando il sole – io che ho sempre amato il caldo e la luce – si spegne. E arriva il buio, come me.

Conosco dei nuovi amici, a Sabaudia. Loro non sanno niente di tutto quello che è successo, ma col solo fatto che esistono, e ridiamo e balliamo, mi salvano. Questa storia è piena di persone che mi salvano senza saperlo. La sera, mentre cuciniamo, ci ubriachiamo di vino bianco ghiacciato e cantiamo Venditti, Baglioni, Battisti, Lúnapop, Jovanotti.

La canzone che ci piace di piú è *Notte prima degli esami*. Io e Andrea decidiamo di spostarci dal Circeo a Sabaudia e di prendere una casa vicino alla loro, a un prezzo stracciato, per tutta l'estate, fino a fine agosto.

Quando finisce agosto, io lo imploro di rimanere anche a settembre, di lavorare da qui. Lo so che lui vorrebbe tornare a Roma, ma acconsente.

Se torno a Roma, io.

«Anche se sono morte, le tue tre bambine sono sempre con te».

Non mi avrete mai. Non dirò mai e non penserò mai «loro cinque sono sempre con me». Perché non ci sono.

Per capire se l'operazione è andata bene, ci vogliono mesi. Bisogna vedere l'utero come reagisce. Se ricresce la Mav. Se l'utero si è salvato davvero.

Bisogna aspettare che mi tornino le mestruazioni (le mestruazioni che mi sono tornate, dopo mesi, il giorno dopo che ho iniziato questo libro).

Quando mi tornano, devo andare a fare un'isteroscopia per controllare. È il novembre 2021.

Giulia: «Che fai?»

Io: «Ho appena fatto isteroscopia».

«Ti hanno già dato il responso?»

«No». Pausa. «Sto aspettando».

«Cosa devono vedere?»

«Se ci sono aderenze o resti o altri casini fatti dalle operazioni». (Ci rimarrà sempre il dubbio che mi sia venuta la Mav per qualcosa che hanno sbagliato al raschiamento; e in effetti il medico che mi fa l'isteroscopia dice che è molto probabile, ma è molto difficile da dimostrare). Pausa. «Se posso riprovare», sottinteso: a fare un'altra Pma, ma non lo diciamo.

Venti minuti dopo.

Le mando la foto del referto. Dice:

> Indicazione: Controllo cavità post embolizzazione arteria uterina per MAV e isteroscopia operativa per residui post-abortivi. PMA

CANALE CERVICALE: indenne
CAVITÀ UTERINA: regolare
ENDOMETRIO: proliferativo
OSTII TUBARICI: visualizzati indenni
BIOPSIA: no
Commento: Isteroscopia negativa. In merito al quesito particolare la cavità appare regolare, senza residui post-abortivi o sinechie.

Io: «Il medico che mi ha fatto l'isteroscopia aveva una faccia strana. Ho detto: perché è arrabbiato? Lui ha detto: non sono arrabbiato, sono dispiaciuto dell'inferno che hai passato. Non era il dottor S., era uno che non avevo mai visto».

Prima di farmi l'isteroscopia, mentre mi spogliavo e raccontavo cos'era successo e lui leggeva la mia pila infinita di referti e cartelle cliniche, il medico mi ha detto: «Come fai ad andare ancora dai medici dopo tutto quello che hai passato? Come fai ad avere il coraggio?» Ho risposto: «E cos'altro posso fare?»

Cosa posso fare?

Posso convivere con questo dolore che è il passato e questo dolore che è il presente, posso provare a fingere di ridere e a ridere di cuore, anche, certe volte, oppure mi posso ammazzare.

Non mi ammazzo.

9 febbraio 2022, oggi.

Per piú di un anno, da quando ho scoperto di essere incinta fino adesso, ho tenuto in frigo l'ultima puntura per la procreazione assistita, sperando (quando ero incinta) che non servisse piú perché tutto sarebbe andato bene, e convinta in realtà che non sarebbe piú servita. È scaduta, e l'ho tenuta ancora lí. Adesso, l'ho buttata.

Ieri c'era Marco a cena qui. A un certo punto mi ha detto che non aveva digerito bene. Mi ha chiesto se avevo qualcosa per digerire. Io non ho detto niente, mi sono alzata, sono andata a prendere l'effervescente Brioschi che Andrea mi comprava quando ero incinta e avevo la nausea. Era rimasta cosí, quella confezione: a metà.

L'ho presa. L'ho guardata. Ho pensato: adesso spacco tutto.

Non ho spaccato niente.

Ho messo due cucchiaini di effervescente Brioschi in un bicchiere d'acqua, ho girato per farli sciogliere, come quando ero incinta e avevo le nausee. Non l'ho preso io, quel bicchiere. L'ho portato a Marco. A me non serve piú.

Avrei voluto dirgli: «Questo lo usavo quando...» Ma poi non posso perché: cosa potrebbero dirmi? Come reagirebbero?

Ogni giorno, quando mi faccio la doccia, vedo una cicatrice sull'inguine.

Me l'ha lasciata una delle due operazioni che ho fatto dopo il raschiamento, l'embolizzazione.

È un buco.

Ogni volta, mi dimentico che c'è. Ogni volta quando la vedo mi sento sbriciolare.

Un giorno, spero, farà parte di me come tutte le altre cicatrici che ho. Un giorno non mi sbriciolerà piú.

Dopo il raschiamento, io non voglio piú fare sesso. All'inizio, per mesi, non posso. Ma anche potessi, non mi passa nemmeno per la testa. Febbraio, marzo, aprile, maggio, giugno, luglio. A un certo punto potrei, ma non voglio.

Se solo Andrea mi sfiora, mi viene voglia di ammazzarlo.

Una sera, tornati a casa, sento il rumore del mare come ogni notte. Mi rendo conto che non mi fa piú paura. È vero, la notte non dormo mai, ma almeno il rumore non mi fa piú paura.

Mi spoglio per andare a dormire, e a quel punto capisco che sono pronta.

Ci posso provare. Posso provare a far entrare qualcuno dentro di me. Lo posso fare.

Ho paura mentre lo faccio per la prima volta dopo tutto quello che è successo. Ma è anche una sensazione liquida, potente. Mi batte il sangue contro le tempie e non posso piú pensare.

Tre

Settembre 2022. Sono tornata a Sabaudia.

Mare.

Quando ho iniziato questo libro, a novembre 2021, ero convinta che avrei potuto dargli un lieto fine. Ancora quella speranza assurda, quell'ottusa certezza che non è verde ma nera.

Questi mesi mi hanno insegnato che non posso dare il lieto fine che speravo a questo libro. Non posso finirlo con: «E adesso, mentre sto scrivendo, ora posso dirlo: batte un cuore dentro di me, e non è il mio».

Probabilmente, non potrò farlo mai.

Questi mesi mi hanno insegnato che per raccontare questa storia ho dovuto cambiare modo di scrivere e concedermi a parole come «cuore» e «amore», io che a loro non mi concedo mai. Come non mi concedo mai di parlare di cose mie che stanno dentro quella diga. Mentre scrivevo mi dicevo: io che sono abituata a creare un percorso narrativo, un viaggio dell'eroe, peripezie che l'eroe attraversa e poi vince o perde, io che faccio? Come scrivo questo libro? Ho dovuto arrendermi, e cambiare.

Non ho mai scritto libri che finiscono bene. Mentre scrivevo, mi sono resa conto che dovevo riconsiderare l'espressione lieto fine, e soprattutto cos'è un lieto fine per questa storia.

Non mi fregate, non dirò mai: queste bambine sono sempre con me. Perché non ci sono.

Eppure, penso ogni giorno a loro. Come potrebbe essere altrimenti. Penso ogni giorno come sarebbe se ci fossero. Penso ogni giorno che vorrei avere un figlio. Ogni sacrosanto minuto, ogni sacrosanto secondo. Come potrebbe essere altrimenti.

Il sole sta tramontando.

Il mare di giugno, luglio e agosto anche quest'anno mi ha fatto del male. Con quella sua gioia e quella sua luce che non c'entravano niente con me.

Il mare di settembre mi strazia il cuore. Ma è uno strazio dolcissimo. Il sole s'infuoca e si butta nel mare. Il mare ha un altro colore, malinconico. Il cielo ha un altro colore, inquieto.

Il vento alza le onde e questo mare è arrabbiato, come me.

Bevo la mia birra, da sola, davanti al mare, fino a quando finisce il tramonto, fino a quando fa buio, e molto dopo.

Andrea e i miei amici mi scrivono: «Quando ci raggiungi?» Io non mi stacco mai dal mare. Non voglio staccarmi mai piú. Io, che di solito odio stare sola, passo ore e ore zitta a guardare il mare di settembre. Quel mare incazzato come me.

Lo guardo e tutta questa acqua, e questa palla infuocata di sole che viene inghiottita dal mare, e questo vento che si alza e poi si placa, scorrono dentro e fuori da me come una cosa sessuale.

Non voglio andarmene mai piú. Guardo il mare fino a quando non si vede piú, fino a quando non si vede piú niente.

Ho quasi finito il mio libro. Mancano poche righe.

Non mi fregate, non dirò mai: queste bambine sono sempre con me. Perché non ci sono.

Ma ci sono momenti come questi. Questo di ora. Sento l'adrenalina che mi scorre dentro a fiumi. Non è piú sangue; è adrenalina. Zampilla.

Voglio cosí tanta adrenalina da farmi scoppiare il cervello.

Bentornata adrenalina, riempimi tutta, entra dentro di me, entra dentro di me, sommergimi.

Aprile 2024 [illegible]

Indice

Stampato per conto della Casa editrice Einaudi
presso ELCOGRAF *S.p.A. - Stabilimento di Cles (Tn)*

C.L. 25945

Ristampa				Anno			
2	3	4	5	2023	2024	2025	2026